HÉSIODE ÉDITIONS

DOSTOÏEVSKY

La Femme d'un autre

Hésiode éditions

© Hésiode éditions.

1 rue Honoré - 93500 Pantin.
ISBN 978-2-38512-128-0
Dépôt légal : Décembre 2022

Impression Books on Demand GmbH

In de Tarpen 42
22848 Norderstedt, Allemagne

La Femme d'un autre

I

– Permettez-moi, monsieur, de vous demander…

Le passant tressaillit et, quelque peu effrayé, considéra le personnage à grande pelisse qui lui adressait ainsi la parole à brûle-pourpoint, vers huit heures du soir, au milieu de la rue (lieu et heure, – on le sait assez ! – où un individu abordé à l'improviste par un Pétersbourgeois a tout droit de s'effrayer).

Donc, le passant tressaillit et s'effraya.

– Pardonnez-moi de vous déranger, reprit le monsieur à la pelisse, mais je… je… je ne sais… Vous voudrez bien m'excuser, vous voyez dans quel état je suis !…

Le jeune homme au paletot remarqua seulement alors que le monsieur à la pelisse était en proie à un trouble extrême. Pâle, défiguré, la voix tremblante, il n'avait évidemment pas la pleine possession de ses facultés : la parole lui manquait, on voyait qu'il souffrait beaucoup d'être obligé d'adresser une prière à un individu qui appartenait peut-être à une classe inférieure de la société. D'ailleurs, ces manières étaient, certes, de la dernière inconvenance de la part d'un homme vêtu d'une pelisse si confortable, d'un frac si à la mode, un frac d'un vert sombre si distingué, un frac chamarré de décorations si significatives ! Visiblement impressionné par ces considérations, le monsieur à la pelisse s'efforça de maîtriser son émotion et de donner un dénoûment convenable à la désagréable scène qu'il avait lui-même provoquée.

– Pardonnez-moi, je n'ai pas toute ma présence d'esprit, mais vous ne me connaissez pas… Je regrette de vous avoir dérangé, j'ai changé d'intention…

Il souleva poliment son chapeau et s'éloigna.

– Mais faites donc !

L'inconnu disparut dans l'obscurité, laissant très-étonné le jeune homme au paletot.

– Quel singulier individu ! pensait-il.

Puis, après s'être suffisamment émerveillé, il se rappela ce qu'il avait à faire et se reprit à arpenter le trottoir en surveillant attentivement la porte d'une grande maison à plusieurs étages. Le brouillard commençait à tomber, et le jeune homme s'en réjouissait, car, à la faveur du brouillard, il passerait inaperçu (personne d'ailleurs ne pouvait remarquer sa promenade obstinée, personne, sauf un indifférent cocher resté là, toute la journée, sur son siége).

– Pardonnez…

Le passant tressaillit de nouveau : c'était encore le monsieur à la pelisse.

– Excusez mes importunités… Vous êtes probablement noble ? Mais ne me jugez pas trop strictement d'après le code des usages mondains… Eh ! qu'est-ce que je vous dis là ?… Concevez-vous qu'un homme… ? Monsieur, vous voyez un homme qui a une prière à vous adresser…

– Si je puis… Que désirez-vous ?

– Peut-être pensez-vous déjà que je vais vous demander de l'argent ? dit l'homme mystérieux en pâlissant tout à coup et en tordant ses lèvres dans un rire hystérique.

– Que dites-vous là ?

— Non, je vois que je vous suis désagréable. Pardonnez-moi, je le suis à moi-même. Vous me voyez très-agité, presque affolé, mais n'allez pas en conclure…

— Au fait ! au fait ! interrompit le jeune homme impatienté, tout en hochant la tête pour encourager son bizarre interlocuteur.

— Bon ! voilà que vous, un jeune homme, vous me rappelez au fait comme si j'étais un petit garçon négligent. Vraiment, il faut que j'aie perdu l'esprit… Qu'en dites-vous ? Suis-je assez humilié ? Répondez franchement.

Le jeune homme paraissait embarrassé, il ne répondit pas. L'homme à la pelisse prit enfin un parti :

— Permettez-moi, dit-il d'un ton décidé, de vous demander si vous n'avez pas vu une certaine dame. C'est là toute ma prière.

— Une dame ?

— Oui, une certaine dame.

— Si j'ai vu… Mais il en passe tant !…

— C'est cela, reprit l'original avec un sourire amer, je divague ! Allons, ce n'est pas cela que je voulais vous demander ; je voulais dire : N'avez-vous pas remarqué une certaine dame, vêtue d'un manteau fourré de renard, avec une capote en velours sombre et une voilette noire ?

— Non, je n'ai rien vu de tel, il ne me semble pas.

— Ah ! Alors, excusez !

Le jeune homme ouvrait la bouche pour parler encore, mais le monsieur à la pelisse était déjà parti, laissant de nouveau son interlocuteur stupéfait.

– Que le diable l'emporte ! pensa le jeune homme au paletot, visiblement contrarié.

Il releva avec dépit son col en castor et se remit à marcher à pas lents devant la porte de la maison aux nombreux étages.

– Pourquoi donc ne sort-elle pas ? grommelait-il, il va être huit heures !

L'horloge sonna huit heures.

– Allons ! que tout aille au diable, à la fin !

– Pardonnez…

– Pardonnez-moi vous-même de vous avoir ainsi… Mais vous vous êtes si violemment jeté dans mes jambes que vous m'avez fait peur.

– Je viens encore à vous. Certes, je dois vous paraître très-remuant et un peu étrange.

– Laissez donc ! seulement expliquez-vous plus vite, j'ignore encore ce que vous voulez.

– Êtes-vous pressé ? Soyez tranquille, je vous parlerai franchement et sans phrases. Mais qu'y faire ? Les circonstances heurtent parfois les gens les uns contre les autres sans égards pour la différence des caractères… Vous êtes impatient, jeune homme… Eh bien ! donc… Du reste, je ne sais comment m'expliquer… Je cherche une dame (je suis décidé à tout vous dire). Il faut que je sache d'une façon précise où est allée cette dame. Mais je ne dois pas vous dire son nom, jeune homme.

– Allons, allons, ensuite !

– Ensuite ? Quel ton vous prenez avec moi ! Peut-être vous ai-je offensé en vous appelant jeune homme ? Ce n'était pas mon intention… En un mot, voulez-vous me rendre un grand service ? C'est une certaine dame… c'est-à-dire… je veux dire une femme comme il faut, d'une excellente famille de mes connaissances… Je suis chargé… Mais soyez sûr que, moi-même, je n'ai pas de famille…

– Eh bien ? eh bien ?

– Comprenez la situation, jeune homme… Ah, pardon ! je vous ai encore appelé jeune homme !… Chaque instant est précieux… – Imaginez-vous que cette dame… Mais ne pourriez-vous me dire qui habite dans cette maison ?

– Beaucoup de monde.

– Oui… C'est-à-dire… Vous avez parfaitement raison, reprit le monsieur à la pelisse en souriant par politesse. Je sais bien que je divague un peu ; mais pourquoi le prenez-vous avec moi sur ce ton ? Voyez, je vous avoue moi-même que je divague, et si vous avez de la fierté naturelle, vous aurez déjà remarqué mon humiliation… Je dis donc une dame d'une parfaite conduite, mais légère… Bon ! vous voyez que je n'y suis pas. On dirait que je fais de la littérature, car n'a-t-on pas inventé récemment que Paul de Kock est léger, tandis qu'au contraire tout le malheur de Paul de Kock… Voilà !

Le jeune homme regarda avec pitié le monsieur à la pelisse, – un fou décidément.

Avec un sourire vague, sans parler, il saisit d'une main tremblante le jeune homme par le collet de son paletot. Le jeune homme recula un peu.

– Vous demandez donc qui demeure ici ?

– Oui, et vous m'avez dit : beaucoup de monde.

– Je sais qu'une certaine Sofia Ostafievna y habite, reprit le jeune homme à voix basse et même avec une sorte de compassion.

– Voyez ! voyez ! vous savez quelque chose, jeune homme !

– Moi ? rien, je vous assure, rien du tout… J'ai seulement jugé à votre trouble que…

– J'ai appris de la cuisinière qu'elle vient ici. Seulement vous n'y êtes pas ; ce n'est pas chez Sofia Ostafievna, elle ne la connaît pas.

– Non ? Alors je me trompe.

– Évidemment, cela ne vous intéresse pas, jeune homme, reprit l'original en donnant à son ton une extraordinaire ironie.

– Écoutez, dit le jeune homme avec un certain embarras. À vrai dire, j'ignore votre situation réelle, mais il est probable que vous êtes… trompé, avouez-le.

Le jeune homme souriait malicieusement.

– Au moins ainsi nous comprendrons-nous, ajouta-t-il (et toute sa personne laissa voir l'intention de faire un léger hochement de tête).

– Vous m'avez tué ! Mais je vous l'avoue franchement, c'est bien cela… Eh ! à qui cela n'arrive-t-il pas ? Je suis profondément touché de votre sympathie. Convenez qu'entre jeunes gens… Quoique je ne sois plus jeune… Mais vous savez, l'habitude, la vie de garçon… Convenez qu'entre garçons c'est commun.

– Oui, oui, c'est commun, c'est commun. Mais en quoi puis-je vous être utile ?

– Voici : avouez que votre Sofia Ostafievna… D'ailleurs, je ne sais pas encore d'une façon précise où est allée cette dame. Je sais seulement qu'elle est dans cette maison. Vous voyant vous promener ici, comme je me promenais de l'autre côté, j'ai pensé… Je sais qu'elle est ici, je voudrais la voir et lui expliquer qu'il est inconvenant… En un mot… Vous me comprenez ?…

– Hum ! Et puis ?

– Ce n'est pas pour moi que j'agis, n'allez pas le penser. C'est la femme d'un autre. Le mari habite là-bas, sur le pont de Voznessensky ; il veut la prendre en flagrant délit, mais il ne s'y décide pas ; il croit encore à la fidélité de sa femme, comme tous les maris… (Ici, le monsieur à la pelisse s'efforça de sourire.) Mais je suis son ami. Je suis un homme considérable, vous le voyez, et je ne puis pas être celui pour lequel vous me prenez.

– Certainement, eh bien ? eh bien ?

– Donc, je la surveille. Il m'a donné cette mission – (le pauvre mari !). Mais la dame est fine !… Toujours un volume de Paul de Kock sous son oreiller… Elle va se faufiler sans qu'on la voie. Je sais par la cuisinière qu'elle vient ici. Je me suis aussitôt précipité, car je veux la surprendre, je la soupçonne depuis longtemps… Par conséquent, je vous prie, vous qui vous promenez ici, de vous… Mais je ne sais…

– De grâce, continuez ; que voulez-vous dire ?

– Voilà… Je n'ai pas l'honneur de vous connaître, et je n'ose, dans ces conditions, commettre l'indiscrétion de vous questionner. Permettez-moi donc de faire votre connaissance… C'est une très-agréable rencontre…

Et tout tremblant, le monsieur tendit avec effusion la main au jeune homme.

– J'aurais dû commencer par là, ajouta-t-il, mais j'avais perdu le sentiment des convenances.

Il ne pouvait tenir en place, tournait de tous les côtés la tête avec inquiétude, et à chaque instant saisissait le jeune homme par son paletot, comme un homme qui se noie s'accroche aux herbes de la rive.

– Voyez-vous, continua-t-il, je m'adresse à vous en ami… Pardonnez-moi cette familiarité… J'allais vous demander de vouloir bien vous promener de l'autre côté, du côté de la ruelle, du côté de la sortie de derrière. De cette façon, comme moi je me promènerais devant l'entrée principale, nous formerions à nous deux la lettre Π, et elle ne pourrait nous échapper. Or, voilà ce que je crains par-dessus tout, ce que je ne veux pour rien au monde, c'est qu'elle nous échappe. Dès que vous la verrez, vous l'arrêterez et vous m'appellerez… Fou que je suis ! Je ne vois que maintenant toute l'inconvenance de ma proposition !…

– Mais non ! Pourquoi pas ? Laissez donc !

– Ne m'excusez pas, je suis fou, je m'égare. Jamais je n'ai été aussi troublé ; je ne le serais pas davantage si l'on me mettait en jugement. Je vous avoue même, – je serai noble et franc avec vous, jeune homme… – je vous avoue qu'un instant je vous avais pris pour l'amant.

– C'est-à-dire que vous voudriez savoir ce que je fais ici.

– Noble garçon ! Cher monsieur !… Maintenant je suis loin de croire que vous puissiez être l'amant ; je ne vous ferai pas un tel outrage, mais… mais me donnez-vous votre parole d'honneur que vous n'êtes pas l'amant ?

– Eh bien, je vous donne ma parole d'honneur que je suis l'amant, – mais pas de votre femme : car, si j'étais son amant, au lieu d'être à présent dans la rue, je serais avec elle.

– De ma femme ? Qui vous a dit, jeune homme, que ce soit ma femme ? Je suis garçon ! C'est moi-même qui suis l'amant…

– N'avez-vous pas dit que le mari demeure sur le pont de Voznessensky ?

– Certes, certes… Je divague !… Mais il y a d'autres liens, et convenez, jeune homme, qu'une certaine légèreté de caractère… c'est-à-dire…

– Oui, oui, c'est bien.

– En d'autres termes, je ne suis pas du tout le mari.

– C'est à merveille ; mais à vous parler franchement, je voudrais retirer de la peine que j'ai prise de vous rassurer le bénéfice de me tranquilliser moi-même. Je ne vous cache donc rien : vous me gênez. Je vous promets de vous appeler, mais je vous en prie, laissez-moi la place libre, éloignez-vous ; j'attends une dame, moi aussi.

– Faites donc ! faites donc ! Je m'en vais, je comprends si bien l'impatience passionnée de votre cœur !… Ah ! ah ! je connais cela, jeune homme ! et maintenant je vous comprends.

– Merci.

– Au revoir !… Ah ! pardon, jeune homme, un dernier mot… Je vais encore… Je ne sais comment vous… Donnez-moi votre parole d'honneur que vous n'êtes pas l'amant ?

– Ah, Dieu !

– Une question, pour en finir. Savez-vous le nom du mari de votre… c'est-à-dire de celle qui constitue… enfin de votre « objet » ?

– Sans doute, je le sais. Ce n'est pas votre nom, voilà tout.

– Et comment savez-vous mon nom ?

– Écoutez, allez-vous-en ! Vous perdez votre temps, elle a pu s'échapper mille fois… Que voulez-vous de plus ? La vôtre porte un manteau de renard et une capote ? Eh bien, la mienne porte un manteau à carreaux et un chapeau bleu en velours. Que voulez-vous de plus ? Que-vou-lez-vous-de-plus ?

– Un chapeau bleu en velours ?… Mais elle aussi a un manteau à carreaux et un chapeau bleu ! s'écria l'homme obstiné qui, dès lors, parut prendre le parti de ne s'en aller plus jamais.

– Que diable ! c'est une coïncidence très-banale… Et d'ailleurs la personne, que j'attends n'est pas là.

– Et où est-elle donc ?

– Vous voulez le savoir ? Qu'est-ce que cela vous fait ?

– Je vous l'avoue, c'est toujours le même motif…

– Fi ! mon Dieu ! N'avez-vous pas honte ? Eh bien ! la mienne a des connaissances ici au troisième étage sur la rue. Faut-il appeler les gens ? Quoi ?

– Seigneur !… Mais moi aussi j'ai des connaissances dans cette maison au troisième étage sur la rue. Le général…

– Le général ?

– Oui, le général. Je vous dirai même son nom : le général Polovitsine.

– (Bon ! quelle affaire !) Non, ce n'est pas celui-là. (Que le diable l'emporte !)

– Ce n'est pas celui-là ?

– Non.

Tous deux se turent et se regardèrent avec stupéfaction, immobiles.

Bientôt le monsieur recommença à s'agiter.

– Moi, je vous l'avoue…

– Non, maintenant, permettez : vous allez parler plus clairement, l'affaire nous intéresse tous deux. Expliquez-moi quelles personnes vous avez là.

– C'est-à-dire quelles connaissances ?

– Oui, quelles connaissances.

– Eh bien ! vous voyez, vous voyez ! Je lis dans vos yeux que j'ai deviné !…

– Que diable ! Mais non. Que diable ! Êtes-vous aveugle ? Ne voyez-vous pas que je suis devant vous, que par conséquent je ne suis pas avec elle ?… D'ailleurs, ça m'est égal ; parlez, taisez-vous, faites comme il vous plaira.

Et le jeune homme, furieux, pirouetta sur ses talons en faisant un geste d'indifférence.

– Écoutez, je vous conterai tout. Notez d'abord que la jeune femme venait ici toute seule : elle est parente avec les Polovitsine. Pour moi, je n'avais aucun soupçon. Mais hier je rencontre le général, et j'apprends de lui qu'il a déménagé depuis trois semaines déjà. Or, ma femme… c'est-à-dire pas la mienne, celle d'un autre (sur le pont de Voznessensky), la dame donc prétendait être allée chez lui avant-hier encore, dans cette maison… et je tiens de la cuisinière que l'appartement de Son Excellence est loué à un jeune homme nommé Bobinitsine.

– Ah diable ! ah diable !

– Monsieur, je suis terrifié ; vous me comprenez ; je suis tout peur.

– Et qu'est-ce que cela me fait que vous soyez tout peur ! – Ah ! je vois quelque chose là.

– Où ? où ? Appelez seulement Ivan Andreïtch, et j'accours.

– Bien, bien ! (Que le diable l'emporte !) Ivan Andreïtch ! !

– Présent ! s'écria Ivan Andreïtch tout suffocant d'émotion : eh bien ! quoi ? où ?

– Non, ce n'est rien. Je voudrais savoir… comment s'appelle cette dame.

– Glaf…

– Glafira ?

– Non, pas tout à fait. Pardon, je ne puis vous dire son nom.

En disant ces mots, l'honnête monsieur devint pâle comme un linge.

– Très-bien ; je suis sûr que ce n'est pas Glafira. D'ailleurs, celle que j'attends ne porte pas ce nom… Mais enfin avec qui est-elle ?

– Où ?

– Là. – Que le diable l'emporte !

Le jeune homme était hors de lui et s'agitait d'une manière inquiétante.

– Et comment savez-vous qu'elle s'appelle Glafira ?

– Mais que le diable vous emporte, monsieur ! Vous venez de me dire qu'elle ne s'appelle pas Glafira !

– Monsieur, ce ton, avec moi !…

– Allons ! le ton ne fait rien à l'affaire. Est-elle votre femme, oui ou non ?

– Non, c'est-à-dire… je ne suis pas marié… – Mais, monsieur, je puis vous dire que je ne souhaiterais pas à un honnête homme, et non pas même à un homme considérable, mais seulement à un homme bien élevé, d'appeler le diable à tout propos, comme vous le faites. Vous ne cessez de dire : Que le diable l'emporte ! et : Que le diable vous emporte !

– Eh ! oui, que le diable emporte tout !

– Vous êtes aveuglé par la colère, je me tais… – Dieu ! qui est-ce ?

– Où ?

Un éclat de rire se fit entendre. Deux jolies filles franchissaient le seuil de l'allée. Les deux hommes se jetèrent vers elles.

– Ah ! qu'avez-vous ?

– Que voulez-vous ?

– Ce n'est pas elle.

– Qui ? Vous nous prenez pour d'autres ?… Cocher !

– Où faut-il vous conduire, mes demoiselles ?

– À Pokrov. Monte, Anouchka, je t'accompagne.

– Laisse-moi monter de l'autre côté. M'y voilà. En route, et bon train !

Le cocher partit.

– D'où sortent-elles ?

– Mon Dieu ! mon Dieu !… Si nous y allions ?

– Où donc ?

– Eh ! chez Bobinitsine.

– C'est impossible.

– Pourquoi ?

– J'irais volontiers, mais elle trouvera quelque invention pour se tirer d'affaire, je la connais. Elle dira qu'elle est venue exprès pour me prendre en faute, et c'est encore moi qui aurai tort.

– Et dire que peut-être elle est là ! Mais pourquoi donc n'iriez-vous pas chez le général ?

– Mais puisqu'il a déménagé !

– N'importe ! Elle vous a dit qu'elle allait chez lui, n'est-ce pas ? Eh bien, allez-y aussi ! Comprenez-vous ? Feignez d'ignorer que le général a déménagé : vous venez chercher votre femme, voilà tout. Et après…

– Et après ?

– Eh bien, après, surprenez-la avec Bobinitsine ! Que diable ! comme vous êtes stupi…

– Et pourquoi désirez-vous tant que je la surprenne ? Ah ! vous voyez ! vous voyez !

– Quoi ? quoi ! Vous voilà comme tout à l'heure, mon pauvre petit père ! Mais vous vous couvrez de honte, homme ridicule, homme sans esprit que vous êtes !

– Encore une fois, pourquoi donc vous intéressez-vous tant à tout cela ? Que désirez-vous savoir ?

– Que le diable vous emporte ! Ce n'est pas à vous que je m'intéresse ! D'ailleurs, j'aime mieux y aller seul. Allez-vous-en, décampez !

– Monsieur, vous allez vous oublier !

– Et puis ? quand je m'oublierais ? dit le jeune homme, les dents serrées, et se rapprochant du monsieur à la pelisse. Et devant qui m'oublierais-je ? gronda-t-il en crispant ses poings…

– Mais, monsieur, permettez…

– Non, qui êtes-vous ? Devant qui m'oublierais-je ? Votre nom !

– Je ne sais vraiment, jeune homme, pourquoi vous voulez mon nom, je ne puis vous le dire… J'aime mieux aller avec vous. Montez ; je vous suis, je suis prêt à tout. Mais croyez-moi, je mérite qu'on me parle en termes plus choisis. Il ne faut jamais perdre la tête, et si vous êtes troublé, – je devine par quoi, – il faut pourtant conserver le sentiment des convenances… Vous êtes encore un très-jeune homme…

– Et vous êtes très-vieux : mais qu'est-ce que ça me fait ? J'en ai vu d'autres ! Allez-vous-en donc ! Que faites-vous ici ? Courez !…

– Très-vieux ! Pourquoi très-vieux ? Quel âge me donnez-vous donc ? Certes, je n'ai que l'âge de mon emploi, mais je ne suis pas disposé à courir…

– On le voit. Allez-vous-en, vous dis-je !

– Non, je reste avec vous ; vous ne pouvez m'en empêcher.

– Alors ne criez pas, ne faites pas de bruit…

Ils s'engagèrent tous deux dans l'escalier jusqu'au troisième étage. Il faisait sombre.

– Halte ! Avez-vous des allumettes ?

– Des allumettes ! Quelles allumettes ?

– Fumez-vous ?

– Ah ! oui, j'en ai ; les voilà, les voilà… Attendez.

Le monsieur à la pelisse se disputait avec ses poches.

– Quel diable d'écerve… Je crois bien que c'est la porte…

– Oui, oui, c'est celle-là, c'est celle-là, c'est celle-là, c'est celle-là, c'est celle-là…

– C'est celle-là, c'est celle-là ! Pourquoi criez-vous ? Ne pourriez-vous parler plus bas ?

– Monsieur, j'ai le cœur serré… Vous êtes un homme sans éducation, voilà !

L'allumette flamba.

– C'est bien là. Voici la plaque en cuivre, le nom y est écrit : Bobinitsine. Voyez-vous ? Bobi…

– Oui, oui, je vois ; silence… Quoi ! elle s'est éteinte ?

– Oui.

– Il faut frapper.

– Oui, il faut frapper.

– Frappez donc !

– Pourquoi moi ? Frappez, vous !

– Lâche !

– Lâche vous-même !

– Allons, laissez-moi seul, décampez !

– Je suis presque au regret de vous avoir confié mon secret, vous…

– Moi ? Eh bien, quoi, moi ?

– Vous avez abusé de mon trouble, vous…

– Fichez-moi la paix, voyons, ridicule vieillard !

– Mais pourquoi donc êtes-vous ici ?

– Et vous ?

– Quelle belle conduite ! observa avec indignation le monsieur à la pelisse. Comme c'est moral !

– Que parlez-vous de moralité ? Et vous donc ?

– C'est criminel.

– Quoi ? !

– Tous les maris outragés, pour vous, sont des bonnets, n'est-ce pas ?

– Seriez-vous donc le mari ? Je croyais qu'il était sur le pont de Voznessensky. Que faites-vous donc ici ?

– Je suis sûr maintenant que vous êtes l'amant.

– Écoutez, si vous continuez, je serai obligé de vous dire que vous êtes le bonnet.

– C'est-à-dire le mari, n'est-ce pas ? dit le monsieur à la pelisse en frissonnant comme si on avait versé sur lui de l'eau bouillante.

– Chut ! Écoutez… Entendez-vous ?

– Est-ce elle ?

– Non.

– Ah ! qu'il fait noir !

Ils se turent. On entendit du bruit dans l'appartement de Bobinitsine.

– Pourquoi donc nous quereller ? reprit le monsieur à la pelisse.

– Pourquoi m'insultez-vous ?

– Pourquoi m'exaspérez-vous ?

– Silence.

– Convenez que vous êtes encore un très-jeune homme.

– Taisez-vous donc !

– Pour moi, je conviens volontiers qu'un mari dans une telle situation est un bonnet.

– Vous tairez-vous ? Oh !

– Mais, au fond, pourquoi cet acharnement contre les malheureux maris ?…

– La voici.

Le bruit cessa en ce moment.

– C'est elle ?

– Oui, elle, elle, elle ! Mais vous, pourquoi vous démenez-vous ainsi ? Tout cela ne vous regarde pas !

– Monsieur, monsieur… Certes je suis troublé, hors de moi, vous avez assez vu mon humiliation. D'ailleurs, il fait nuit, mais demain… Eh ! nous ne nous reverrons sans doute pas… Quoique je sois loin de vous craindre. Mais mon ami m'attend sur le pont de Voznessensky. Parole, tout ce que je fais, c'est pour lui. Hélas ! c'est sa femme, – car ce n'est pas la mienne, c'est la femme d'un autre. Le pauvre garçon ! je le connais beaucoup. Voulez-vous que je vous raconte ? Je suis son ami, comme bien vous pensez. Autrement, m'agiterais-je ainsi pour lui ? Et que de fois jadis je lui disais : « Pourquoi te marier, mon cher ami ? Tu as du savoir, de la fortune, de la considération, et tu veux échanger tous ces biens contre le caprice d'une coquette quelconque ? » – N'avais-je pas raison ? – « Non, me répondait-il, je veux me marier ; le bonheur de la famille… » Ah, ah ! le voilà, le bonheur de la famille ! Jadis il trompait comme vous les maris, et maintenant il boit la lie du verre qu'il a vidé… Excusez-moi, cette explication était nécessaire… Le pauvre garçon ! voilà ! Il boit la lie du verre.

Ici le monsieur à la pelisse se mit à pleurnicher et faillit même éclater en sanglots.

– Au diable ! Quel tas de sots !… Mais qui êtes-vous donc ? s'écria le jeune homme en grinçant des dents.

– Quoi ? convenez-en vous-même : j'ai été avec vous noble et franc, et ce ton…

– Écoutez, dites-moi votre nom.

– Pourquoi ?

– Oh ! !

– Je ne puis pas vous dire mon nom.

– Connaissez-vous Schabrine ? demanda vivement le jeune homme.

– Schabrine ! ! !

– Oui, Schabrine ?

Le monsieur au paletot examinait curieusement le monsieur à la pelisse.

– Vous n'entendez pas ?

– Mais, permettez, quel Schabrine ? Il ne s'agit pas de lui, Schabrine est un homme très-honorable… Les tortures de la jalousie excusent à peine votre impolitesse.

– Schabrine ? C'est un vaurien, une âme vendue, un escroc ! Il a volé la caisse d'État, on le mettra bientôt en jugement.

– Pardon ! le connaissez-vous ? J'en doute fort.

– En effet, son visage m'est inconnu, mais des personnes qui l'approchent de très-près m'ont renseigné sur son compte.

– Quelles personnes ?…

– C'est un sot jaloux qui ne sait pas surveiller sa femme. Voilà ! Êtes-vous content ?

– Vous vous trompez cruellement, jeune homme.

– Ah ?

Du bruit se fit de nouveau dans l'appartement de Bobinitsine, une porte s'ouvrit, on chuchotait.

– Ce n'est pas elle, ce n'est pas elle, j'aurais reconnu sa voix ; j'ai tout compris, dit le monsieur à la pelisse, pâle comme un mort.

– Silence !

Le jeune homme s'effaça contre le mur.

– Monsieur, je m'en vais, ce n'est pas elle, et j'en suis bien aise.

– Bien, bien ! allez-vous-en.

– Mais pourquoi restez-vous ?

– Allons ! vous êtes encore là ?

La porte s'ouvrit, et le monsieur à la pelisse se hâta de descendre.

Un homme et une femme passèrent devant le jeune homme ; son cœur cessa de battre : une voix de femme, une voix qu'il reconnut bien vite, murmura quelques mots ; une grosse voix d'homme lui répondit :

– Je vais envoyer chercher un traîneau, disait la grosse voix.

– Je veux bien, envoyez chercher.

– Ce sera tout de suite fait.

La dame resta seule.

– Glafira ! où sont tes serments ? s'écria le jeune homme en saisissant la dame par le bras.

– Ha !… Qui est-ce ? Vous, Tvorogov ! Dieu ! que faites-vous ?

– Avec qui êtes-vous ici ?

– Mais avec mon mari ! Allez-vous-en, allez-vous-en bien vite ! Il va sortir de chez Polovitsine. Allez-vous-en, au nom de Dieu, allez-vous-en !

– Polovitsine a déménagé d'ici depuis trois semaines, je le sais.

– Aïe !

La dame se précipita dans l'escalier, le jeune homme la rejoignit.

– Qui vous l'a dit ?

– Votre mari, madame, Ivan Andreïtch. Il est ici, il est devant vous, madame…

Ivan Andreïtch était effectivement sur le perron.

– Dieu ! c'est vous ! ?… s'écria le monsieur à la pelisse.

– Ha ! c'est vous ? !… s'écria Glafira Pétrovna avec une joie non dissimulée en courant à lui. Dieu ! quelle aventure ! J'allai chez les Polovitsine… Tu sais, ils demeurent maintenant au port d'Izmaïlovsky, je te l'ai dit, tu t'en souviens. J'avais pris un traîneau, les chevaux se sont emportés, ont tout brisé, et je suis tombée à cent pas d'ici. J'étais évanouie. Par bonheur, M. Tvorogov…

– Comment ?

M. Tvorogov ressemblait à une statue de pierre plutôt qu'à aucun M. Tvorogov.

– M. Tvorogov m'a aperçue et s'est chargé de m'accompagner. Mais vous voici, je n'ai qu'à vous remercier, Ivan Andreïtch…

La dame tendit la main au médusé Ivan Andreïtch.

– Ivan, je vous présente un de mes amis, M. Tvorogov. C'est au bal de Skorloupov que j'ai eu le plaisir de le rencontrer, je crois vous en avoir parlé. Tu ne te rappelles pas, Coco ?

– Certes, certainement, oui, oui, je me rappelle, – répondit Coco, – je suis charmé, je suis charmé…

Il serra avec effusion la main de M. Tvorogov.

– Qui est là ? Que signifie… ? Je vous attends… prononça la voix enrouée.

Un personnage d'une longueur démesurée se tenait devant le groupe ; il tira son lorgnon et examina curieusement le monsieur à la pelisse.

– Ah ! monsieur Bobinitsine ! fit la dame. Et d'où venez-vous ? Quelle rencontre ! Imaginez-vous que les chevaux viennent de me jeter sous mon traîneau. Voici mon mari. Ivan, M. Bobinitsine. Au bal de Karpov…

– Ah ! très-charmé, très-charmé !… Mais je vais tout de suite prendre une voiture, mon amie.

– Oui, je suis encore toute tremblante, je ne me sens pas bien… – C'est la foire aux masques ! dit-elle tout bas à Tvorogov. – Au revoir, monsieur Bobinitsine, au revoir. Nous nous rencontrerons demain au bal de Karpov…

– Non, je n'irai pas. Puisqu'il en est ainsi…

M. Bobinitsine murmura quelques mots entre ses dents, frappa du pied, monta dans son traîneau et partit.

La dame arrêta une voiture et y prit place.

Le monsieur à la pelisse semblait n'avoir pas la force de faire un mouvement. Il regardait d'un air stupide le monsieur en paletot, qui souriait assez significativement.

– Je ne sais…

– Excusez… Je suis ravi de faire votre connaissance, dit le jeune homme en saluant.

– Moi aussi, ravi, très-ravi…

– Je crois que vous venez de perdre une galoche.

– Moi ? Ah ! oui ! Merci. Dès demain, j'en achèterai une paire en caoutchouc.

– Le caoutchouc tient le pied trop chaud, riposta le jeune homme qui semblait prendre un grand intérêt à la question.

– Ivan, viens-tu ?

– Tout de suite, mon ange… Précisément, vous dites bien… Quelle intéressante conversation ! Du reste, excusez-moi…

– Faites donc !

– Charmé de vous connaître, charmé de vous connaître…

Le monsieur à la pelisse monta auprès de la dame. Le jeune homme suivit longtemps des yeux la voiture qui s'éloignait.

II

Le lendemain soir, il y avait une représentation à l'Opéra italien. Ivan Andreïtch se précipita dans la salle comme une bombe. Jamais encore on ne lui avait vu une telle furore pour la musique. Pourtant, on savait déjà qu'il aimait assez venir faire un somme d'une heure ou deux à l'Opéra. Il prétendait même qu'il est très-doux de ronfler pendant que « la prima-donna miaule, comme une petite chatte blanche, sa berceuse. » Mais cette opinion-là date de loin, de la saison dernière. Hélas ! maintenant Ivan Andreïtch ne dort plus, même la nuit, même chez lui…

Il s'était donc précipité comme une bombe dans la salle bondée de monde. L'ouvreuse le regarda avec méfiance et loucha du côté de la poche extérieure de cet homme impétueux, s'attendant à en voir émerger la poignée d'un poignard. Rappelons à ce sujet qu'en ce temps-là, l'Opéra était divisé en deux partis tenant chacun pour l'une des deux prime-donne. C'étaient les zistes et les zustes. Les deux partis aimaient si violemment la musique que les ouvreuses commençaient à s'inquiéter d'une passion si décidée. Il n'y a donc pas lieu de s'étonner que l'ouvreuse, en voyant cet élan juvénile d'un vieillard aux cheveux blancs et très-rares, un peu sur le retour de la cinquantaine et qui appartenait au monde élégant, se rappelât involontairement le mot d'Hamlet :

Quand la vieillesse a des chutes si effroyables,
Que ne fera pas la jeunesse ?

Or, en entrant dans la salle, Ivan Andreïtch jeta un rapide regard circulaire sur toutes les loges des secondes galeries... Ô surprise ! son cœur cessa de battre : elle était là ! Dans la même loge, on voyait le général Polovitsine, sa femme, un de ses parents et aussi l'aide de camp du général, un jeune homme très-subtil. Il y avait encore un civil... Ivan Andreïtch concentra sur cet inconnu toute son attention, toute l'acuité de son regard ; mais tout à coup le civil passa derrière l'aide de camp et resta dans l'ombre.

« Elle est là, et elle avait dit qu'elle ne viendrait pas !... »

C'est ce « dédoublement » de Glafira à chacun de ses pas qui tuait Ivan Andreïtch. Ah ! le jeune homme en civil avait plongé le vieux mari en un désespoir définitif ! Il s'affaissa dans son fauteuil...

Pourtant, qu'y a-t-il là d'extraordinaire ?

Il faut remarquer que le fauteuil d'Ivan Andreïtch était tout près des baignoires et juste au-dessous de cette traîtresse loge des secondes galeries : de sorte que, pour ne voir que presque rien de ce qui se passait au-dessus de sa tête, il lui fallait faire les contorsions les plus désagréables. Il s'irritait et s'échauffait comme un samovar. Tout le premier acte fut pour lui non avenu, il n'en entendit pas une note.

On dit que la musique a ceci de bon qu'on peut accorder avec toutes les impressions musicales les sentiments qu'on éprouve : joyeux, on y trouve de la joie, et, triste, de la tristesse. Mais dans les oreilles d'Ivan Andreïtch grondait un orage. Et pour achever son dépit, derrière, devant lui, à ses côtés, partout, on criait, on riait : il en avait le cœur déchiré. Enfin le premier acte se termina. Mais, au moment où l'on baissait le rideau, il arriva à notre héros une aventure, une aventure !... Oh ! quelle aventure !

Quelquefois d'une galerie supérieure tombe un programme. Pour peu que la pièce languisse et que les spectateurs soient en humeur de bâiller, cet accident constitue un événement public. Avec un grand intérêt, chacun suit le vol du papier mou qui, de zigzags en zigzags, doit nécessairement tomber, parmi les fauteuils, sur une tête qui ne s'y attend pas : et quel plaisir alors de braquer mille paires d'yeux sur cette tête confuse ! J'ai toujours un peu peur aussi des jumelles des dames : elles les posent négligemment sur le bord des loges, et il suffirait du moindre coup de coude pour les précipiter sur une tête non avertie. – Mais je fais ici mal à propos cette observation tragique.

Quant à l'aventure d'Ivan Andreïtch, elle était jusqu'alors inouïe. Il reçut sur la tête, non pas un programme… Je vous avoue que je suis embarrassé pour dire ce qu'il reçut sur la tête. Eh ! quoi de plus embarrassant que d'avoir à dire ceci : sur la tête honorable et déplumée, presque aussi polie qu'un pommeau de canne, sur la tête, dis-je, du jaloux Ivan Andreïtch tomba cet objet infâme, immonde et ineffable : un billet d'amour parfumé ! Le pauvre homme tressaillit comme s'il eût surpris sur sa tête une souris ou quelque autre bête féroce.

Et que ce fût un billet d'amour, on ne pouvait en douter. D'abord il était parfumé, et chacun sait que, dans tous les romans, les billets d'amour sont parfumés ; de plus, il était plié et replié en un format si petit, si traître, si coquet, qu'on eût pu aisément le cacher dans un gant de femme. Il avait dû tomber par hasard, n'étant probablement pas destiné à Ivan Andreïtch, et les choses s'étaient peut-être passées ainsi : on avait demandé le programme pour recevoir en même temps le billet, et quelque secousse inattendue de l'aide de camp (qui ne manqua pas de s'excuser très-subtilement de sa maladresse) avait fait échapper le billet de la petite main tremblante ; et vous vous imaginez assez combien fut étonnée la main tendue du jeune homme en civil, quand il reçut le programme tout seul, tout nu ! Malencontreux et trop réel événement ! Mais pour qui était-il plus malencontreux que pour Ivan Andreïtch ?

– Ô Destinée ! – murmura-t-il, tout baigné d'une sueur froide, en tenant le billet dans ses mains, – ô Destinée ! La balle trouve le coupable… Non, ce n'est pas cela, je ne suis pas coupable ; c'est plutôt ceci : Sur le pauvre Makar tombent toutes les balles de hasard.

Que de choses peuvent passer par une tête étourdie d'un événement si imprévu ! Persuadé que tout le monde riait de lui (il se trompait, on était justement en train de rappeler la cantatrice), il n'osait lever les yeux, comme si, dans une société comme il faut et nombreuse, il lui avait échappé quelque… dissonance. Enfin, il se décida à regarder autour de lui.

– Que c'est beau ! lui dit un dandy assis à sa gauche.

Le dandy était au comble de l'enthousiasme et frappait à la fois des mains et des pieds. Il jeta à Ivan Andreïtch un regard distrait et aussitôt, faisant de ses lèvres et de ses mains une trompette, claironna le nom de la cantatrice. Ivan Andreïtch pensa n'avoir jamais entendu un si bel organe, et, tout joyeux : « Il n'a rien remarqué », se dit-il. Il se retourna : juste à ce moment, un gros monsieur, qui se trouvait derrière lui, lui tourna le dos et se mit à lorgner la salle : « Ici aussi, ça va bien », pensa-t-il. Devant lui, évidemment, on n'avait rien vu. Timidement, mais avec espoir, il cligna de l'œil vers la baignoire voisine de son fauteuil et tressaillit : il y avait là une dame qui riait comme une folle en se couvrant la bouche de son mouchoir et en se renversant sur son dossier.

– Oh ! les femmes ! murmura Ivan Andreïtch en se levant pour sortir.

Je prie maintenant le lecteur d'être juge entre Ivan Andreïtch et moi. Voyons : un grand théâtre, comme chacun sait, renferme un amphithéâtre et quatre galeries de loges. Pourquoi donc Ivan Andreïtch croyait-il inébranlablement que le billet était tombé juste de la loge (vous savez quelle loge j'entends), et non pas de quelque autre de la troisième galerie, par exemple, où il y avait aussi des dames ? Mais la passion est exclusive, et la jalousie est la plus exclusive des passions, je crois bien !

Ivan Andreïtch courut dans le foyer, se mit près d'une lampe, décacheta le billet et lut :

« Aujourd'hui, aussitôt après le spectacle, dans la rue G…, au coin de la rue L…sky, maison K, 3e étage de l'escalier à droite. Entre du côté du grand escalier. Sois là sans faute, au nom de Dieu. »

Ivan Andreïtch ne reconnut pas l'écriture, mais cela n'ébranla pas sa conviction : puisqu'on fixait un rendez-vous !…

« Surprendre, couper le mal à la racine !… Ou plutôt tout de suite dévoiler, démasquer tout de suite la traîtresse !… »

Mais comment faire ? Ivan Andreïtch monta jusqu'à la deuxième galerie et en redescendit aussitôt, prudemment. Il ne savait que faire. Il courut de l'autre côté et, par la porte ouverte d'une loge, examina attentivement les loges d'en face.

« C'est cela », grommela-t-il. Dans le sens vertical des cinq galeries il y avait des dames et des jeunes gens dans toutes les loges : le billet pouvait donc être indifféremment tombé de l'une quelconque des cinq galeries. Mais cela n'éclaira pas Ivan Andreïtch, bien au contraire : il soupçonna toutes les galeries d'une vaste conspiration contre lui. Aucune évidence n'aurait pu le détromper. Il courut pendant tout le deuxième acte à travers les corridors sans pouvoir se calmer. Tout à coup la pensée lui vint d'aller à la caisse du théâtre, dans l'espoir d'y apprendre les noms des personnes qui avaient pris des loges dans les quatre galeries : mais la caisse était fermée. Enfin la représentation se termina dans un orage ; on s'invectivait, et les voix des chefs des deux partis dominaient toutes les autres. Mais Ivan Andreïtch était très-désintéressé de cette grande querelle. Il prit son paletot et courut à la rue G…, projetant de « la surprendre en flagrant délit » et d'agir plus énergiquement que la veille. Il eut bientôt trouvé la maison et gravissait déjà le perron, quand tout à coup passa devant lui un dandy en paletot, qui monta vivement au troisième étage. Le cœur d'Ivan Andreïtch se serra. Le dandy le devançait de deux étages. Enfin une porte s'ouvrit au troisième, sans que la sonnette eût tinté, comme si l'on attendait quelqu'un. Ivan Andreïtch atteignit le troisième au moment où le jeune homme entrait dans l'appartement.

Ivan Andreïtch aurait voulu faire une petite pause devant la porte, – elle n'avait pas été refermée, – réfléchir raisonnablement à la conduite qu'il devait tenir, prendre le temps d'avoir un peu peur, et enfin s'en tenir à une décision irrévocable. Mais juste à ce moment il entendit une voiture s'arrêter devant le perron, la porte d'en bas s'ouvrir avec fracas, puis un pas lourd, accompagné d'une quinte de toux, retentir dans l'escalier. Ivan Andreïtch poussa vivement la porte et se précipita dans l'appartement, avec toute la grotesque solennité d'un mari outragé. Une bonne se jeta au-devant lui, puis un valet. Mais arrêter Ivan Andreïtch, c'était impossible. Il traversa deux pièces obscures et surgit comme une apparition dans la chambre à coucher d'une jeune et belle dame qui le considéra avec terreur. Les mêmes pas lourds se firent entendre dans la chambre voisine.

– Dieu ! c'est mon mari ! – s'écria la dame en joignant les mains, plus pâle que son blanc peignoir de nuit.

Ivan Andreïtch commençait à comprendre qu'il n'avait pas eu assez peur dans l'escalier et qu'il faisait un pas de clerc. Mais pouvait-il reculer ? La porte s'ouvrit, le lourd mari (lourd à en juger par son pas) allait entrer... Je ne sais pourquoi Ivan Andreïtch n'alla pas directement à sa rencontre : déclarer qu'il s'était trompé, s'excuser et disparaître, sans gloire certes, mais sans honte, sa conduite était toute tracée. Non. Il agit comme s'il se fût cru un don Juan ou un Lovelace. Il se cacha d'abord derrière un rideau, puis se glissa sous le lit, et, mari outragé lui-même, il n'osa pas affronter une rencontre avec un autre mari, – craignant peut-être de l'outrager par sa présence. Et voilà qu'il était sous le lit, sans pouvoir s'expliquer comment il y était parvenu.

Mais ce qu'il y a de plus étonnant encore, c'est que la dame ne fit à cela aucune opposition. Elle avait sans doute perdu la parole, car elle ne poussa pas un cri en voyant cet homme, qui n'était certes plus jeune, chercher un refuge dans les intimités de sa chambre à coucher.

Le mari entre, toussant et soufflant, dit bonjour à sa femme d'une voix traînante et s'affaisse dans un fauteuil comme s'il venait de porter une charge de bois.

Et la toux continuait à le secouer.

Quant à lui, et quoiqu'il sût par sa propre expérience que tous les maris trompés ne sont pas redoutables, Ivan Andreïtch, timide comme une souris devant un chat, n'osait souffler. Avec des précautions infinies il s'allongeait sous le lit pour s'y étendre commodément, quand tout à coup une main saisit la sienne.

Il y avait un autre homme sous le lit !

– Qui est là ? dit à voix basse Ivan Andreïtch.

– C'est ça, je vais vous dire tout de suite qui je suis. Taisez-vous.

– Pourtant…

– Taisez-vous donc !

Et l'homme de trop, – car il n'y avait de place que pour un, – serra si fortement la main d'Ivan Andreïtch qu'il faillit crier de douleur.

– Monsieur !…

– Chut !

– Lâchez-moi, ou je crie !

– Essayez !

Ivan Andreïtch rougit de honte. Certes, l'inconnu était rigoureux. Peut-être s'était-il plus d'une fois déjà trouvé dans une position étroite. Mais Ivan Andreïtch était novice et se sentait horriblement gêné. Le sang lui montait à la tête. Que faire ? Il se soumit et se tut.

– Mon petit ange, commença le mari, je viens de chez Pavel Ivanovitch. Nous avons joué au whist, et alors (il tousse), alors (il tousse)… Aïe ! mon dos (il tousse) ! mes reins (il tousse) ! que diable !…

Et le petit vieillard s'abîma dans sa quinte.

– J'ai mal aux reins, dit-il les larmes aux yeux. Diable d'hémorroïdes ! On ne peut se tenir ni debout ni assis (il tousse)… ni assis (il tousse) !…

Il semblait que cette toux dût survivre au vieillard.

– Monsieur, au nom de Dieu, serrez-vous un peu, dit à voix basse le malheureux Ivan Andreïtch.

– Où ? pas de place !

– Pourtant, convenez vous-même que je ne puis rester ainsi, c'est la première fois que je suis si mal.

– Et moi, c'est la première fois que j'ai un voisin si désagréable.

– Pourtant, jeune homme…

– Silence !

– Quoi, silence ! Vous êtes grossier, jeune homme. Si je ne me trompe, vous êtes encore très-jeune, je suis plus âgé que vous.

– Si-len-ce ?

– Monsieur, vous vous oubliez, vous ignorez à qui vous parlez !

– Je parle à un monsieur qui est couché sous un lit.

– Mais moi, monsieur, c'est par erreur que je suis ici, tandis que, si je ne me trompe, vous, c'est l'immoralité qui…

– « Si je ne me trompe, si je ne me trompe »… Quel radoteur ! Eh bien, vous vous trompez.

– Monsieur, je suis plus âgé que vous, et je vous répète que…

– Monsieur, nous sommes ici sur le même plancher, et… Mais ne me prenez donc pas aux cheveux !…

– Pardonnez-moi, je ne vois rien, et la place me manque.

– Aussi, pourquoi êtes-vous si gros !

– Mon Dieu ! je n'ai jamais été dans une situation aussi humiliante !

– En effet, on ne peut tomber plus bas.

– Monsieur, monsieur, je ne sais qui vous êtes, je ne comprends rien à tout ceci, je ne sais pas ce que vous pensez...

— J'aurais de vous la meilleure opinion du monde si vous ne me poussiez pas tant ; et puis, à la fin, taisez-vous !

— Monsieur, si vous ne me faites pas de place, je vais être frappé d'apoplexie, et vous répondrez de ma mort, je vous assure... Je suis un homme honnête, un père de famille, je ne puis rester dans une pareille position...

— Pourquoi vous y êtes-vous mis ? Tenez, voici de la place, mais c'est tout ce que je peux faire.

— Noble jeune homme ! mon cher monsieur ! comme je m'étais trompé sur votre compte ! Vous êtes bien mal, n'est-ce pas ? C'est un malheur !... Vous devez avoir mauvaise opinion de moi, laissez-moi vous dire qui je suis... Je suis ici malgré moi, je vous assure, et non pour le motif que vous pensez. J'ai horriblement peur que...

— Vous tairez-vous ? Comprenez-vous que si l'on nous entend, nous sommes perdus ?... Chut ! ils parlent.

En effet, la toux du vieillard commençait à se calmer.

— Mon petit ange, Fédosey Ivanovitch m'a dit : « Essayez de la tisane de mille-feuilles. » Entends-tu, mon petit ange ?

— J'entends, mon ami.

— Oui, il m'a dit : « Goutez des mille-feuilles. » Je lui ai répondu : Je me suis mis des sangsues. Alors il m'a dit : « Non, Alexandre Démianitch, les mille-feuilles valent mieux... » Chi ! chi ! (Il tousse.) Ah ! mon Dieu !... Qu'en penses-tu, mon amie ?... Chi ! chi ! – Ah ! Seigneur ! – Chi ! chi ! Faut-il essayer ?... Chi ! chi ! Ah ! chi ! chi !... Des mille-feuilles ?... Chi ! chi ! chi !

– Oui, essayez-en.

– N'est-ce pas ? Il ajoutait : « La phthisie peut vous prendre... Chi ! chi ! – La goutte plutôt, lui ai-je répondu, ou quelque maladie d'estomac... Chi ! chi !...

– Peut-être aussi la phthisie », a-t-il répété. Qu'en penses-tu, mon amie ?... chi ! chi ! – la phthisie aussi ?

– Ah ! mon Dieu ! pourquoi dites-vous cela !

– Oui, la phthisie aussi... Allons, mon amie, il faut te déshabiller et te coucher. Moi, je suis enrhumé.

. . . .
. . . .

– Ouf ! fit Ivan Andreïtch, pour Dieu ! serrez-vous un peu !

– Qu'est-ce encore ? Ne pouvez-vous vous tenir tranquille ?

– Vous êtes irrité contre moi, jeune homme, vous voulez m'offenser, je le vois. Vous êtes probablement l'amant de cette dame...

– Silence !

– Je ne me tairai pas, je ne vous permets pas de me commander. Oui, vous êtes sans doute l'amant de cette dame. Quant à moi, je n'ai rien à craindre.

– Si vous ne vous taisez pas, nous allons être découverts. Eh bien ! je dirai que vous êtes mon oncle, et que c'est vous qui m'avez entraîné ici.

– Vous vous moquez de moi ! Vous voulez me pousser à bout...

– Chut ! ou je vous fais taire de force !... C'est vous qui me perdrez... Sans vous, je serais resté ici jusqu'au matin, et puis je serais parti !

– Mais moi, je ne puis pas rester ici jusqu'au matin, je suis un homme honorable ; j'ai des relations... Dites, pensez-vous qu'il va coucher ici ?

– Qui ?

– Mais, ce vieillard.

– Évidemment. Tous les maris ne sont pas comme vous ; celui-ci couche à la maison.

– Monsieur ! s'écria Ivan Andreïtch tout glacé d'horreur, soyez-en sûr, moi aussi je couche à la maison, et c'est la première fois... Mais je crois que vous me connaissez. Qui êtes-vous, jeune homme ? Dites-le-moi tout de suite, c'est par amitié que je vous le demande.

– Écoutez, je vais employer la force.

– Non, expliquons-nous cordialement, voyons !

– Je n'ai rien à vous dire, taisez-vous, ou bien...

– Mais je ne puis...

On entendit sous le lit une légère lutte, et Ivan Andreïtch se tut.

– Ma petite amie, n'entendez-vous pas des chats ronronner par ici ?

– Qu'allez-vous imaginer ? De quels chats parlez-vous ?

(La jeune femme ne savait que dire ; elle n'avait pas encore repris possession d'elle-même, le mot de son mari lui fit dresser l'oreille.)

– Quels chats ? répéta-t-elle.

– Eh bien, des chats, mon amie. Hier, Vaska était dans mon cabinet, et il ne cessait de faire : Chou, chou, chou. Qu'as-tu, Vaska ? lui demandai-je, et il me répondit : Chou, chou, chou. Et moi, je me suis mis à penser : Mon petit père, c'est peut-être la mort que tu appelles.

– Quelles bêtises vous dites aujourd'hui ! Vous devriez en avoir honte.

– Ce n'est rien, ne te fâche pas, mon amour. Je sais que tu me regretterais si je venais à mourir, je parlais en l'air… Allons, ma chère enfant, il faut te déshabiller et te coucher.

– Laissez-moi… plus tard…

– Comme tu voudras… Décidément, il y a des rats ici.

– Bon ! à présent, ce sont des rats ! Qu'est-ce donc qui vous prend ?

– Eh ! ce n'est peut-être ni rat ni chat, ce n'est rien… hi ! chi… (Il tousse.) Ah ! mon Dieu !

. . . .
. . . .

– Êtes-vous content ? Il nous a entendus !

– Mais si vous saviez comme je souffre ! Je saigne du nez…

– Eh bien ! continuez, et taisez-vous.

– Jeune homme !… Mais en quelle compagnie suis-je donc ! Qui êtes-vous ?

– Vous serez bien avancé, quand vous le saurez ! Est-ce que je m'intéresse à votre nom, moi ? Mais, au fait, quel est votre nom ?

– Pourquoi mon nom ? Laissez-moi plutôt vous expliquer par quelle sotte aventure…

– Chut ! ils parlent encore…

– Vraiment, ma petite amie, j'entends des chuchotements.

– Mais non ; c'est le coton de vos oreilles qui est mal posé.

– Ah ! à propos de coton, sais-tu qu'ici, au-dessus de nous… chi ! chi !…

– Au-dessus ! répéta tout bas le jeune homme ; je croyais être au dernier étage : c'est donc le deuxième ?

– Jeune homme, reprit sur le même ton Ivan Andreïtch, que dites-vous ? Quel intérêt avez-vous en cette affaire ? Moi aussi, je croyais être au dernier étage ! Y en a-t-il donc un autre ?…

– Je t'assure qu'on bouge ici, dit le vieillard, qui cessa enfin de tousser.

– Vous entendez, murmura le jeune homme, en saisissant les deux mains d'Ivan Andreïtch.

– Vous me faites mal, laissez-moi…

– Chut !

– De sorte, commença le vieillard, que j'ai rencontré une jolie petite femme.

– Quelle jolie petite femme ? Où donc ?

– Dans l'escalier... Ah ! j'oublie !... La mémoire me manque parfois brusquement... C'est le mille-pertuis... chi.

– Comment ?

– Il faut que je boive du mille-pertuis, on dit que ça fait du bien... chi, chi...

– Tu disais que tu avais rencontré une jolie petite femme.

– Eh ?

– Voyons ! une jolie femme, dans l'escalier.

– Qui t'a parlé de ça ?

– Mais toi !

– Moi ? Quand ?... Ah ! oui...

– Quelle momie ! soupira le jeune homme. Va donc, va plus vite !

– Monsieur, je frémis d'effroi ! Qu'entends-je ? Sera-ce aujourd'hui comme hier ?

– Chut !...

– Oui, oui, reprit le vieillard, je me la rappelle. Ah ! la maligne ! et quels yeux coquins ! et quel amour de chapeau bleu !...

– C'est elle ! elle a un chapeau bleu ! Mon Dieu ! murmura Ivan Andreïtch.

– Elle ! qui, elle ? dit le jeune homme en serrant les mains de son camarade de lit… de dessous de lit.

– Chut ! fit à son tour Ivan Andreïtch, ils parlent.

– Ah ! la maligne ! continuait le vieillard. Elle vient ici chez quelque connaissance, qui réunit en son honneur ses amis.

– Fi ! que c'est laid ! À quoi t'intéresses-tu là ?

– Ne te fâche pas, répliqua le vieillard en toussant. Je ne t'en parlerai plus, puisque ça t'ennuie. Tu me parais mal disposée aujourd'hui…

– Comment donc êtes-vous tombé ici ? demanda le jeune homme.

– Ah ! vous voyez ! vous voyez ! maintenant, c'est vous qui me questionnez !

– Vous savez, en somme, ça m'est égal, taisez-vous si vous voulez, je m'en moque… (Que le diable l'emporte ! Quelle stupide rencontre !)

– Jeune homme, ne vous fâchez pas, je ne sais ce que je dis, je n'avais pas l'intention de vous offenser. Je voulais dire qu'il y a quelque chose de louche dans l'intérêt que vous prenez à cette affaire. Qui êtes-vous ? Un inconnu…

– Eh ! laissez-moi tranquille ! interrompit le jeune homme, qui semblait chercher la solution d'un problème.

– Je vais tout vous dire. Ne pensez pas que je sois irrité et que je veuille vous tromper : voici ma main ! Dites-moi d'abord par quel hasard vous vous trouvez ici. Et n'allez pas croire que je sois fâché : voici ma main ! Il y a peut-être un peu de poussière dessus, mais qu'importe aux sentiments élevés ?...

– Encore une fois, laissez-moi tranquille avec votre main ! On ne peut pas remuer, et vous imaginez de fourrer votre main dans...

– Mais, jeune homme, vous me traitez comme une vieille savate ! s'écria Ivan Andreïtch dans un accès de timide désespoir. Soyez au moins poli ! Voyons, nous pourrions nous aimer... Je suis tout disposé à vous prier à dîner chez moi...

– Quand donc l'a-t-il rencontrée ? murmura le jeune homme, évidemment inquiet. Elle m'attend peut-être ! Il faut décidément que je sorte d'ici...

– Elle ! qui, elle ? De qui parlez-vous ? Mon Dieu ! pourquoi faut-il que je sois ainsi emprisonné !

Et, en signe de désespoir, Ivan Andreïtch essaya de se mettre sur le dos.

– Coûte que coûte, je sors !

– Monsieur, que faites-vous ? Et moi, que vais-je devenir ? dit à voix basse Ivan Andreïtch, en s'accrochant aux pans d'habit de son voisin.

– Et qu'est-ce que ça me fait ? Restez tout seul, et ne bougez pas ; autrement, je dis au vieillard, pour qu'il ne me prenne pas pour l'amant de sa femme, que vous êtes mon oncle, et que vous avez gaspillé votre fortune en des aventures comme celle-ci.

– Personne ne vous croira, c'est absurde ! Un enfant vous rirait au nez...

– Allons, ne bavardez plus, et restez couché sur votre ventre. Passez la nuit ici, et demain vous filerez sans être vu. Quand on m'aura vu sortir, on n'ira certes pas soupçonner qu'il y a encore quelqu'un sous le lit. Deux hommes sous un lit, c'est invraisemblable ! Pourquoi pas douze ? (Quoique, à vous seul, vous puissiez compter pour douze !)

– Et qu'arrivera-t-il si je tousse ? Il faut tout prévoir…

.   .   .   .
.   .   .   .

– J'entends du bruit là-haut, dit le petit vieillard, qui venait de faire un somme.

.   .   .   .
.   .   .   .

– Jeune homme, je sors !

– Et moi, je reste. Allez !… Dites donc, n'êtes-vous pas le mari ?

– Quel cynisme ! Et pourquoi le mari ? Je suis garçon.

– À d'autres !

– Pourquoi pas l'amant ?

– Joli, l'amant !

– Ô monsieur, écoutez-moi et prenez pitié de moi ! Le mari, ce n'est pas moi, mais c'est mon meilleur ami, un camarade d'enfance… Un jour, il me dit : « Je soupçonne ma femme ! – Pourquoi ? lui demandai-je. La jalousie est un vice ridicule, prends-y garde. – Peu importe, j'ai des soupçons. – Eh bien, lui répondis-je solennellement, tu es mon meilleur ami. Nous avons ensemble cueilli la fleur du plaisir et nagé dans les délices !… » Jeune homme ! je ne sais plus ce que je dis, vous m'avez rendu fou !

— Il y a longtemps que vous l'êtes !

— Très-bien ! j'avais prévu votre réponse... Riez, raillez, jeune homme ; moi aussi, j'ai eu mon temps, j'ai joué votre personnage de séducteur, et maintenant... Ah ! mon Dieu ! je vais avoir un transport au cerveau !

. . . .
. . . .

— Est-ce que quelqu'un n'a pas éternué ? demanda le vieillard. Est-ce toi, mon amour ?

— Ô Dieu ! fit la jeune femme. C'est probablement en haut, se hâta-t-elle d'ajouter, effrayée par le bruit toujours croissant que faisaient les deux hommes sous le lit.

— Peut-être bien. C'est le petit dandy que j'ai rencontré, le petit dandy aux fines moustaches...

. . . .
. . . .

— C'est probablement de vous qu'il parle, jeune homme.

— Mais non ! puisque j'étais ici avec vous, il ne peut pas m'avoir rencontré ! Eh ! cessez donc de me passer vos mains sales sur la figure.

— Dieu ! je perds connaissance.

En haut, le bruit s'accentuait.

— En effet, observa le vieillard, c'est en haut qu'on fait du bruit. Quel vacarme ! Et juste au-dessus de ta chambre à coucher ! Veux-tu que je porte plainte ?

– Ah ! que vous êtes impatientant !

– Non, non, je ne le ferai plus. Mais décidément, tu es bien nerveuse aujourd'hui.

– Voulez-vous me faire plaisir ? Allez vous coucher.

– Lisa, tu ne m'aimes plus !

– Eh ! si, mais je suis lasse.

– Bon, je m'en vais.

– Oh ! non, restez !… Ou plutôt, oui, allez-vous-en !…

– Allez-vous-en ! restez !… Mais qu'as-tu donc ? Allons, je te laisse. Bonsoir.

. . . .
. . . .

– Il s'en va, dit le jeune homme, réjouissez-vous.

– Que Dieu nous sauve !

– C'est une leçon pour vous.

– Comment ? une leçon ! Vous êtes un peu jeune, monsieur, pour me donner des leçons !

– Je vous en donne, pourtant.

– Ciel ! je vais éternuer.

– N'ayez pas cette audace !

– Que faire ? Prenez mon mouchoir dans ma poche, je vous supplie, et donnez-le-moi… Pourquoi suis-je ainsi puni ?

– Voici votre mouchoir… C'est de votre jalousie que vous êtes puni. Pour de futiles apparences, vous courez comme un fou, vous violez les domiciles, vous faites du désordre…

– Quel désordre ?

– Vous épouvantez une jeune femme qui en tombera peut-être malade ; vous troublez la digestion d'un vieillard perclus de rhumatismes, enfin…

– Mais de quel droit… ?

– Et comprenez-vous que cette comédie peut avoir une fin tragique ? que ce vieillard peut devenir furieux en vous voyant sortir de dessous le lit ?… Mais non, il n'y a pas prise au tragique sur vous, et quand vous sortirez d'ici, ce sera pour tout le monde une belle occasion de rire à gorge déployée. Je voudrais vous voir au jour, vous devez être très-joli !

– Il est probable, monsieur, qu'on ne trouverait sur votre visage rien autre chose que le cachet de l'immoralité !

– Je vous conseille de parler d'immoralité… Quant à moi, je me suis trompé d'étage. Par exemple, je ne comprends pas pourquoi l'on m'a laissé entrer : il est probable que la dame attendait quelqu'un qui n'est ni son mari, ni moi… ni vous. Mais, en tout cas, ma faute n'excuserait pas la vôtre. Vous êtes, monsieur, un vieillard ridicule et jaloux. Et savez-vous pourquoi je suis encore ici ? C'est par pitié pour vous. Car que feriez-vous ici sans moi ? Sauriez-vous trouver un expédient ?

. . . .
. . . .

– Comme la petite chienne aboie ! dit le vieillard.

En effet, la petite chienne de la dame venait de s'éveiller du somme qu'elle avait commencé sur un oreiller, et, le nez sous le lit, aboyait furieusement.

– Quelle sotte petite bête ! dit tout bas Ivan Andreïtch. Elle va découvrir le pot aux roses !

– Ici ! cria la dame ; Amie, Amie, ici !

Mais la petite chienne s'entêtait à fourrager dans la figure d'Ivan Andreïtch.

– Qu'a-t-elle donc, ma chère ? demanda le vieillard. Il y a peut-être des rats sous le lit, ou Vaska ? C'est peut-être lui que j'entendais éternuer tout à l'heure. Est-il enrhumé aujourd'hui…

– Ne bougez pas, dit le jeune homme, elle va peut-être nous laisser.

– Ne me prenez pas les mains, je vous en prie !

– Ne parlez pas, ne bougez pas.

– Mais elle me mord le nez ! Voulez-vous que je perde mon nez !

Ivan Andreïtch parvint à dégager ses mains, et tout à coup l'aboiement de la chienne cessa : elle râlait.

– Aïe ! s'écria la dame.

— Misérable ! que faites-vous ? dit à voix basse le jeune homme. Lâchez-la donc ! Vous ne connaissez donc pas le cœur d'une femme ? Vous ne devinez donc pas qu'elle nous livrera tous les deux, si vous étranglez sa chienne ?

Mais Ivan Andreïtch, fort de son droit de légitime défense, n'écoutait rien : il étrangla tout net la petite chienne.

— Amischka ! Amischka ! criait la dame. Mon Dieu ! que lui font-ils ? Amischka ! Amischka !... Les brigands ! les barbares !... Je me trouve mal...

— Quoi ? quoi ? qu'est-ce ? cria le vieillard en sautant de son fauteuil. Amischka ! Amischka ! Amischka ! psitt ! psitt !... Est-ce que Vaska l'aurait mangée, par hasard ? Il faut fouetter Vaska, mon amie : voilà un grand mois qu'on ne l'a pas fouetté. Je veux consulter là-dessus Praskovia Zakharie-vna... Mais... qu'as-tu ? Te voilà toute pâle. Eh ! du monde ! du monde !

— Les coquins ! les sauvages ! criait toujours la dame en se renversant sur sa chaise longue.

— De qui donc parles-tu ?

— Mais des gens qui sont ici, là, sous le lit... Ô mon Dieu ! Amischka !...

— Comment ! des gens ? sous le lit ?

Le vieillard saisit une bougie et s'inclina pour regarder sous le lit. Ivan Andreïtch demeurait immobile, plus mort que vif ; mais le jeune homme épiait chaque mouvement du vieillard, qui s'en alla de l'autre côté, à la tête du lit, et s'accroupit pour regarder. Aussitôt le jeune homme s'esquiva.

— Qui êtes-vous donc ? dit à voix basse la dame, et moi qui pensais... !

– Le misérable assassin d'Amischka est sous le lit, répondit le jeune homme sur le même ton.

Et il disparut.

– Aïe ! je vois quelqu'un, dit le mari en saisissant le pied d'Ivan Andreïtch.

– L'assassin ! l'assassin ! criait la dame. Ô Amie ! Amischka !

– Sortez ! vociférait le vieillard en frappant des pieds sur le tapis. Sortez !… Qui êtes-vous ? Répondez tout de suite ! Dieu ! quel homme étrange ! quel homme étrange !

– Au nom du ciel, Votre Excellence, implora Ivan Andreïtch, n'appelez personne ! c'est tout à fait superflu. Je ne suis pas ce que vous pensez… Votre Excellence, c'est une méprise que je vais vous expliquer, bredouillait le malheureux en sanglotant. Tout cela, c'est ma femme… ou plutôt celle d'un autre. Moi, je ne suis pas marié. C'est un ami, un camarade d'enfance.

– Quel camarade d'enfance ?… Vous êtes un voleur !… Quel camarade d'enfance ?

– Non, Votre Excellence, je ne suis pas un voleur, je suis… Oui, c'est mon camarade d'enfance. Je me suis trompé de porte. Je ne suis pas ce que vous pensez… Vous faites à mon endroit, Votre Excellence, une cruelle erreur… Madame, continuait Ivan Andreïtch, en joignant les mains et en se tournant vers la jeune dame, vous êtes une femme, vous me comprendrez… J'ai tué Amischka. C'est la faute de ma femme. Je suis très-malheureux, je bois la lie de la coupe…

– Mais, monsieur, comment êtes-vous entré ici ? demanda le vieillard, qui commençait à comprendre qu'Ivan Andreïtch n'était pas un voleur. Comment êtes-vous entré ? Comme un brigand, un malfaiteur…

– Non, Votre Excellence, pas un malfaiteur. Je me suis trompé de porte. J'ai le tort d'être jaloux ; je vais tout vous avouer, comme à mon propre père, que vous pourriez être d'ailleurs, vu votre âge.

– Comment, mon âge !

– Bon ! j'offense peut-être Votre Excellence. En effet, une aussi jeune dame… et votre âge… Je voulais dire qu'il est très-agréable de voir une union si bien assortie… Mais n'appelez personne, pour Dieu ! Les gens riraient ; je les connais… Non que je ne connaisse que des laquais ; j'ai moi-même des laquais, Votre Excellence… C'est une vilaine engeance, moqueuse et bavarde. Des ânes, de vrais ânes, Votre Altesse !… Je ne me trompe pas ? C'est bien à un prince que j'ai l'honneur de parler…

– Eh ! non ! Dites-moi, au lieu de me flatter, comment vous êtes entré ici !

– Excusez-moi, Votre Alt… non !… Votre Excellence. Vous ressemblez au prince Korotkooukhov que j'ai eu l'honneur de voir chez mon ami, M. Pouzirev…

– Mais comment êtes-vous entré ? Qui êtes-vous ? s'écria la dame.

– Oui, appuya le vieillard, qui êtes-vous ? et moi qui croyais que c'était Vaska qui éternuait sous le lit ! Qui êtes-vous ? Parlez donc !

– Je ne puis parler, Votre Excellence, j'écoute vos spirituelles sorties… D'ailleurs, je vais tout vous dire, mais n'appelez pas vos gens, traitez-moi avec magnanimité !… Croyez-moi, madame, c'est une histoire très-comique. Vous voyez sur la scène un mari jaloux ! Ah ! ah ! vous allez rire ! Certes, j'ai tué Amischka, mais… Ciel, je perds la tête !…

– Oui ou non, voulez-vous me dire comment vous êtes entré ?

— À la faveur des ténèbres, Votre Excellence… Pardonnez-moi, je suis un mari outragé qui me suis trompé de porte, voilà tout. Je ne suis pas un amant, votre épouse est pure et sans tache, s'il m'est permis de m'exprimer ainsi.

— Quoi ? êtes-vous fou ? Comment osez-vous parler de ma femme ?

— L'assassin d'Amischka ! s'écria la dame en pleurant, et il a encore l'impudence… !

— Votre Excellence, je m'aperçois que je viens de dire une impertinence, je n'en avais pas l'intention. Prenez-moi pour un fou, je vous en prie, j'aime mieux cela ! Vous me rendrez service, parole, en me prenant pour un fou. Je suis l'oncle… C'est-à-dire, je ne puis être l'amant, voilà ce que je voulais dire… Bon ! encore une impertinence ! Ne vous offensez pas, madame ; vous comprenez, l'amour, ce sentiment élevé que… dont… En d'autres termes, je suis un vieillard, ou plutôt un homme âgé, je ne suis donc pas votre amant. Un amant ! c'est Richardson… non, Lovelace ! Vous voyez, j'ai de la littérature ! Vous riez ? quelle bonté ! je suis bien aise d'avoir provoqué votre hilarité, je suis ravi…

— Quel ridicule personnage ! disait la dame en éclatant de rire.

— Oui, bien ridicule, dit le vieillard tout joyeux de voir sa femme rire. Ridicule, et plein de poussière ! Mais comment est-il entré ?

— En effet, Votre Excellence, on dirait d'un roman. En pleine nuit, dans une capitale, un homme sous un lit ! Quelle étrange histoire ! Rinaldo Rinaldini, quoi ! Mais ce n'est rien, et ça ne vaut pas la peine d'y penser. Madame me permettra de lui offrir une petite chienne pour remplacer celle que j'ai si malheureusement… enfin ! Celle que je vous destine est une étonnante créature, toute petite, à longues soies. Elle ne peut faire deux pas sans s'empêtrer dans ses soies et tomber. On ne la nourrit que de sucre.

– Ha ! ha ! ha ! ha ! (La dame se tordait de rire.) Dieu, qu'il est drôle !

– Oui, ha ! ha ! ha ! chi ! chi ! qu'il est drôle ! et qu'il est sale ! Ha !

– Votre Excellence, me voilà parfaitement heureux. Si je l'osais, je vous tendrais la main. J'avais de vilains soupçons sur ma femme, mais maintenant mes yeux s'ouvrent, et je sais, je sens qu'elle est innocente.

– Sa femme ! sa femme ! disait la dame en pleurant de rire.

– Se peut-il qu'il soit marié ? dit le vieillard. Qui l'eût cru ?

– Oui, Votre Excellence, je soupçonnais ma femme, c'est vrai. Je savais qu'on avait dans cette maison un rendez-vous au troisième étage : je me suis trompé de porte et… je me suis caché sous le lit !

– Hi ! hi ! hi ! hi !

– Ha ! ha ! ha ! ha !

Ivan Andreïtch fit chorus.

– Qu'il est doux, reprit-il, d'être ainsi tous d'accord et contents ! Certes ma femme est innocente, n'est-ce pas, Votre Excellence ?

– Ha ! ha ! ha ! Hi ! hi ! Ma petite amie, sais-tu qui c'est, sa femme ?

– Non, qui ? Ha ! ha ! ha !

– C'est la jolie petite dame que j'ai rencontrée dans l'escalier, celle du dandy aux petites moustaches, je le parierais.

– Non, Votre Excellence. Je vous jure que ce n'est pas elle.

– Eh ! vous perdez votre temps, s'écria la jeune femme, courez, allez au troisième, vous les surprendrez peut-être.

– C'est cela, j'y vole. Mais assurément je ne trouverai personne. Elle est chez moi, à cette heure, elle dort. N'est-ce pas, je ne la trouverai pas, hein ?

– Ha ! ha ! ha ! ha !

– Hi ! hi ! hi ! hi ! Chi ! chi !

– Allez donc vite, dit la dame, et demain matin vous viendrez nous raconter ce qui se sera passé, et amenez-nous votre femme. Je veux faire sa connaissance.

– Certainement. Au revoir. Je suis charmé d'avoir fait votre connaissance, moi-même.

– Et la petite chienne ? N'allez pas l'oublier !

– Comptez-y, madame, répondit Ivan Andreïtch, qui avait déjà franchi le seuil de la chambre. On dirait qu'elle est en sucre, parole ! et dès qu'elle fait deux pas, crac ! par terre. En sucre, en sucre, je vous jure ! Au revoir, Vos Excellences, bien heureux de vous connaître.

Ivan Andreïtch salua et sortit.

– Eh ! monsieur ! revenez, je vous prie ! cria le vieillard.

Ivan Andreïtch rentra pour la deuxième fois.

– Est-ce que vous emportez Vaska ? Je ne le trouve plus. N'était-il pas avec vous sous le lit ?

– Non, Votre Excellence. Mais… faites-moi… oui, faites-moi faire sa connaissance, je considérerai cela comme un grand honneur.

– Je crois que je vais être obligé de le fouetter.

– Vous ferez bien, Votre Excellence, les corrections sont nécessaires aux animaux domestiques. Elles leur inculquent les principes de l'obéissance…

Dans la rue, Ivan Andreïtch resta longtemps comme dans l'attente d'une attaque d'apoplexie. Il ôta son chapeau, épongea son front où perlait une sueur froide, ferma les yeux, réfléchit et rentra chez lui.

Il eut le plaisir d'apprendre que Glafira Pétrovna était depuis longtemps rentrée du théâtre : « Elle a eu mal aux dents, le docteur mandé en toute hâte lui a posé des sangsues. Elle est couchée et attend monsieur. »

Ivan Andreïtch demanda de l'eau pour se laver les mains et la figure, se fit brosser et se rendit auprès de sa femme.

– Quelle est cette conduite ? Où passez-vous votre temps, monsieur ? Regardez-vous donc : quelle figure vous avez ! Eh quoi ! Votre femme se meurt, et l'on vous cherche en vain par toute la ville ! Où étiez-vous ? à ma poursuite encore, peut-être ! C'est honteux, monsieur ! On vous montrera au doigt bientôt !…

– Ma petite amie…

En ce moment Ivan Andreïtch sentit la nécessité de demander un conseil, ou plutôt une contenance, à son mouchoir de poche. Mais, ô terreur ! avec son mouchoir il sortit de sa poche le cadavre d'Amischka ! – Il avait totalement oublié qu'au moment de l'« assassinat » et pour en cacher les traces, il avait fourré sa victime dans sa poche, d'où maintenant elle ressortait inopinément, comme un spectre.

– Qu'est-ce ? Quelle horreur ! Un petit chien ! Que signifie ?...

– Ma petite amie, répondit Ivan Andreïtch plus mort qu'Amischka, mon petit ange...

Ha ! ha ! ha ! ha ! ha ! Chi ! chi !

III

À la fin, Glafira se lasse de se faire poursuivre à travers Pétersbourg par son vieux mari. Elle renonça aux rendez-vous donnés à l'Opéra ou ailleurs et se décida à recevoir ses... amis chez elle. Or, l'excellente femme d'Ivan Andreïtch Schabrine avait six amis ou, pour parler plus franc, six amants. (Il faut bien se reposer le septième jour ! Dieu lui-même... !) Ajoutons qu'elle les avait choisis parmi l'élite pétersbourgeoise. D'ailleurs, nous nous en tiendrons aux deux élus que le lecteur connaît déjà, Alexey Pétrovitch Torogov et Mikhaïl Pavlovitch Bobinitsine. Ces deux jeunes gens très-différents l'un de l'autre donnaient, pour le dire, les deux notes extrêmes de l'octave de Glafira. L'un, Torogov, était toute la douceur, tout l'esprit, tout le dandysme ; mais je crois qu'il payait surtout de mine : très-joli garçon, fine moustache bien cirée, des cheveux coupés à la mode (vous savez ! sur le front), – et la bouche en cœur (on dit aussi en cul de poule, comme il vous plaira). Bobinitsine, au contraire, l'homme à la grosse voix, était beaucoup moins décoratif : un gros et grand gaillard sans nulle grâce, un peu bourru et parlant peu ; j'estime qu'il devait agir davantage. C'était un garçon solide, extrêmement vigoureux. Ivan Andreïtch ne s'en aperçut que trop... mais n'anticipons pas.

Glafira avait calculé qu'elle serait, tout compte fait, plus libre chez elle, du moins une fois qu'elle aurait réussi à donner définitivement le change à Ivan Andreïtch ; car, qu'il la surveillât, qu'il l'épiât, elle n'en doutait point. Elle le haïssait et le méprisait étrangement, – quand il lui arrivait de penser à lui.

– Mon poulet, lui annonça-t-elle un matin, je ne sors plus, j'ai assez du monde ; la vie d'intérieur, voilà ce qu'il me faut.

– Hâ-â-â-h ! dit Ivan Andreïtch avec une profonde admiration.

– Vois-tu ? comme cela t'étonne ! Tu m'as toujours méconnue.

– Mais non ! mais non !... protesta Ivan Andreïtch, qui ne savait trop s'il devait se réjouir ou s'attrister de ce lever d'une nouvelle lune ; mais, ma chérie, il te faut des distractions... à ton âge...

– Point du tout ; toi seulement, Coco chéri !

– Ô-ô-ô-h !...

Ivan Andreïtch n'en croyait pas ses oreilles.

– Écoute, Cocotte...

– Ah ! ne m'appelez pas comme ça, dit madame Schabrine avec dignité.

– Bien ! bien !

(Les attitudes dignes de sa femme avaient toujours eu sur Ivan Andreïtch un effet irrésistible ; il se hâta de changer de ton.)

– Eh bien, ma chère, je ne puis te dire à quel point ta résolution me comble de joie. Jamais, certes, je ne t'aurais reproché de trop sortir, non...

– Ah ! ah ! ah !

La dame rit à gorge déployée. Ivan Andreïtch s'inquiéta. Pourtant il évita de la questionner au sujet de ce rire.

– …Mais je craignais, reprit-il, que tout cela ne finît par te fatiguer.

– Ah ! ah ! ah ! ah ! ah ! ah !

Elle se pâmait.

Ivan Andreïtch, très-déconcerté, la regardait se rouler sur le divan où elle était assise, et se sentait horriblement lâche devant cette hilarité énigmatique. Il avait des sueurs froides dans le dos, et il lui semblait que ses cheveux se hérissaient sur sa tête.

– Enfin, ma chère !… éclata-t-il tout à coup.

Mais aussitôt il se calma.

Glafira avait cessé de rire et le considérait fixement.

– C'est-à-dire… non… Je suis bien aise que tu ries… Et moi aussi, je ris… Ta décision me rend si heureux !… Alors tu es dégoûtée des bals et des concerts ?

– Absolument. Je te dis, Coco, que je ne veux plus que toi. Ah ! ah ! ah ! ah !

Une nouvelle crise de rire.

Ivan Andreïtch fronça le sourcil. Mais ce n'était même pas une velléité de révolte, c'était purement nerveux.

– Je trouve cela exagéré… dit-il toutefois avec gravité, et puis on jaserait : tout Pétersbourg chanterait que je séquestre ma femme… Enfin, tu périrais d'ennui…

– Avec toi, Coco ? Ah ! ah ! ah ! ah !… Au moins, tu ne pèches pas par fatuité ! Ah ! ah ! ah !

Ivan Andreïtch prit le parti de sourire affectueusement.

Il continua :

– Même avec moi, ma bonne amie. Je ne veux certes point te forcer à sortir, mais il faut voir le monde. Si tu ne vas plus chez les gens, au moins reçois-les.

– Non ! s'écria Glafira, en affectant un air grave qui dissimulait mal sa démangeaison de rire, « la vie d'intérieur… la solitude… »

– Je t'en prie, ma petite amie… la princesse Khorokhov…

– Jamais !

– La générale…

– La générale ?… jamais ! Écoutez : il y a quelques personnes que je consentirais à voir encore, mais je suis sûre que celles-là vous déplairaient… vous êtes un tel tyran !… je préfère ne pas insister…

– Comment, ma petite amie, comment peux-tu dire que je suis un tyran ?

Ivan Andreïtch donnait toutes les marques d'un abattement profond.

– D'ailleurs, continua Glafira, vous-même déplaisez à ces gens… il y aurait des conflits… vous êtes si irascible, si violent !… Ah ! si vous me promettiez de ne jamais vous montrer !…

– Comment, ma petite amie ? mais certainement, comme tu voudras…

je me montrerai, je ne me montrerai pas… comme tu voudras… Mais… pourrais-je savoir… ?

– Oh ! certainement. M. Bobinitsine…

– Hi ! fit Ivan Andreïtch comme si l'on venait de lui marcher sur le pied.

– Hein ? qu'avez-vous ?

– Rien, ma petite amie. M. Bobinitsine, certainement, un charmant garçon… Je suis enchanté de faire votre connaissance… Bon ! qu'est-ce que je dis ?… C'est-à-dire… je ne sais pas ce que j'ai. Comme il te plaira.

– M. Polienev.

– Aïe !

– Qu'est-ce encore ?

– Rien !… Rien ! M. Polienev aussi ?… Ah ! oui, certainement, M. Bobinitsine… M. Polienev.

– M. Torogov.

– Aïe ! aïe !

– Ah çà, mais qu'avez-vous donc ? On dirait que chacun de ces noms a des épines pour vous.

– Comment donc ! pas du tout… c'est-à-dire oui. M. Bobinitsine, M. Polienev et M. Torogov.

– Et M. Bersenev, et M. Nioutsky, et M. Orsadov.

Ivan Andreïtch se laissa tomber sur un fauteuil ; il contemplait sa femme avec une stupeur admirative. Tout à coup, son visage s'éclaira : en somme, il n'était point fâché de pouvoir surveiller ces gens-là, sans courir.

– Oui, oui, reprit-il, cela te fera du monde. Et quels jours recevras-tu ?

– Les six jours de la semaine, déclara catégoriquement Glafira, en tenant à grand'peine son sérieux.

– Les six jours de… Ah !

– Et dès aujourd'hui, je vais envoyer des lettres ; vous daignerez ne pas oublier qu'on ne doit point vous voir.

– Cependant, ma petite amie… essaya de protester timidement Ivan Andreïtch.

Mais un geste impérieux lui imposa silence.

À quelque temps de là, Glafira avait chez elle, dans son petit salon-boudoir, M. Bobinitsine. De la porte, à la serrure de laquelle Ivan Andreïtch avait l'oreille collée, il entendit cette conversation :

– Non, Mikhaïl Pavlovitch, je ne croirai jamais cela. Il est défiant, soupçonneux, jaloux…

– Et poltron, dit la grosse voix de Bobinitsine.

– Et poltron aussi, peut-être, mais je ne le crois pas si débauché.

« De qui parlent-ils ? » se demandait Ivan Andreïtch.

– C'est comme cela. On l'a surpris sous un lit, sous le lit de la jeune femme d'un très-vieux fonctionnaire perclus de rhumatismes.

« Canaille ! »

– Mais savez-vous, fit la voix claire de Glafira, que si cela était prouvé, cela me donnerait tous les droits contre lui… Et les représailles…

– Certes, madame, tout Saint-Pétersbourg admire votre fidélité envers un homme qui, au vu et au su de tout le monde, vous trompe indignement.

Ivan Andreïtch entendit un petit éclat de rire aussitôt étouffé ; mais ce qu'il ne put entendre, ce furent ces paroles que Bobinitsine dit tout bas en se penchant vers Glafira :

– Écoutez, finissons-en ; ce rôle m'ennuie, je ne suis pas venu pour jouer la comédie. Croyez-vous qu'il soit derrière la porte ?

– N'en doutez pas, répondit Glafira sur le même ton.

– Alors je vais lui écraser le nez, dit Bobinitsine en se levant.

– Non, non, pas encore, je veux d'abord lui donner une leçon.

Le chuchotement s'élevait, Ivan Andreïtch se demandait avec une immense inquiétude ce qu'on pouvait se dire tout bas. Tout à coup la basse-taille de Bobinitsine résonna de nouveau.

– Ah ! par exemple, madame, cela passerait les bornes.

– Je parie.

– Nous allons bien voir, dit Bobinitsine.

Et soudain Ivan Andreïtch entendit tout près de lui la voix terrible éclater comme un tonnerre.

– Non, disait-elle, je ne crois pas qu'un homme d'honneur descende jamais jusqu'à écouter à une porte.

Et aussitôt Ivan Andreïtch, que d'ailleurs la peur paralysait, reçut sur le front, sur son vénérable front déplumé de haut fonctionnaire, la porte, – la porte du boudoir de sa femme ! Il poussa un hurlement de douleur et s'enfuit, la tête dans les épaules. Avant d'avoir atteint l'extrémité du corridor, il entendit encore la grosse voix dire d'un ton d'imperturbable gravité :

– Non, il n'y avait personne.

Puis un joyeux, un impitoyable éclat de rire de Glafira.

Mais ceci n'est encore rien. Le plus grave « accident marital » d'Ivan Andreïtch, l'aventure scandaleuse qui défraya pendant huit jours la gazette pétersbourgeoise eut lieu le lendemain même.

Ce jour-là était « le jour de M. Torogov ». Dans la matinée, le vieux mari, dont le front, sinon le cœur, n'avait pas encore oublié l'inavouable blessure qu'il avait reçue durant sa faction, s'était montré particulièrement désagréable. Il avait fait d'amères allusions aux visiteurs de Glafira. Enfin elle avait pu comprendre qu'il soupçonnait particulièrement, avec une rancune spéciale (quel esprit pénétrant !), M. Bobinitsine. Il hasarda même de dire « qu'elle ferait peut-être sagement » de renoncer à recevoir tous les jours, « qu'elle ferait mieux de prendre un jeudi ou un samedi ; en un mot, de grouper ses relations ».

Glafira ne répondit point. Elle toisa dédaigneusement le bonhomme, et sans parler sortit du boudoir où il était venu lui donner ces explications. Ivan Andreïtch pensif s'assit sur un large et profond divan que Glafira semblait affectionner, un meuble français qu'elle avait fait venir de Paris ; des ressorts très-doux, capitonnés de velours épais ; de larges franges soyeuses comblaient la distance entre le siége et le sol. Ivan Andreïtch s'abîmait dans ses pensées. Ni lui ni moi ne savons combien de temps il resta seul à méditer sur ses infortunes, sur les vicissitudes de sa vie de vieux mari d'une jeune femme. Tant y a qu'il était encore là, quand il entendit dans le corridor un pas d'homme, puis une voix trop connue. On ne sait pourquoi la pensée de recevoir lui-même M. Torogov fut insupportable à Ivan Andreïtch. Il se leva, considéra avec désespoir la fatale porte qui lui avait donné un si rude baiser, fit deux ou trois tours sur lui-même, avisa les rideaux des fenêtres, mais frémit aussitôt à la pensée qu'on pouvait trop aisément l'y surprendre, et finalement, le bruit des pas s'approchant, se glissa avec l'aisance d'une vieille habitude sous le divan. Il était si troublé que dans le premier moment « il s'arrangea » pour n'occuper que la moitié de la place ; mais bientôt, ayant tâtonné dans la nuit des franges, il s'aperçut qu'il était seul, et cela lui fut une consolation.

Il s'installa même et, par comparaison, trouva sa situation commode, presque agréable.

Cependant M. Torogov s'assit sur le divan.

– Veuillez attendre, barine, elles seront bientôt là.

Glafira ne se fit pas longtemps attendre.

En la voyant entrer, Torogov se lève, le sourire et le baiser aux lèvres ; mais elle met un doigt sur sa bouche et dit d'un ton affable :

– Soyez le bienvenu, Alexey Pétrovitch. Imaginez-vous que je cherche partout mon mari.

De la main, elle indique le dessous du divan. Torogov ouvre de grands yeux, puis tout à coup, n'y tenant pas, tombe assis sur le divan en pouffant de rire. Glafira fit chorus.

– Mais, demanda Torogov dès qu'il put parler, avez-vous bien regardé sous les lits ? vous savez que c'est la retraite habituelle d'Ivan Andreïtch.

– Voulez-vous bien vous taire ! Que dites-vous là ! Je n'ai jamais cru un mot de cette absurde histoire ; Ivan Andreïtch peut avoir des ridicules, mais je le crois incapable d'inconduite.

– Cette incrédulité vous honore. Pourtant ne laissez pas de regarder sous le lit, je vous le conseille.

Torogov, en insistant ainsi, pensait servir les intentions de Glafira, mais elle avait des projets plus lointains.

– Non, dit-elle, en lui faisant une mine significative ; après tout, il peut être sorti sans que je m'en sois aperçue. Causons. Quand est le prochain bal de Skorpoulov ?

– Dans une quinzaine, chère madame. Irez-vous ?

– Je ne pense pas, vous savez que j'ai renoncé au monde…

– Quoi ! à votre âge ! Mais c'est un crime !

– Je me consacre à soigner mon mari. Il vieillit, je ne puis me le dissimuler ; il a besoin de soins, d'affection. Car je vous répète que je ne crois pas un mot des sottes histoires qu'on raconte. Il m'aime, je l'adore, notre vie est une longue lune de miel.

– Vrai ? Quel charmant tableau ! une idylle, quoi ! Et la fidélité réciproque ?

– Vous pouvez croire, monsieur Torogov, qu'en ce qui me concerne...

– Mais certainement ! Nul n'est mieux en situation que moi pour jurer qu'il n'y a pas de plus précieuse... femme... (il se penche vers Glafira pour lui chuchoter à l'oreille un autre mot), de femme plus vertueuse, dis-je, que vous, chère madame ! Ah ! Ivan Andreïtch est un heureux coquin !

– D'ailleurs, miaule Glafira, il a bien mérité son sort...

Un temps. Les deux bourreaux étouffent de rire et mangent leurs mouchoirs.

– Oh ! certes ! Tout Pétersbourg est unanime pour l'affirmer : Ivan Andreïtch n'a que ce qu'il mérite.

– Un homme très-savant !

– C'est-à-dire, tant il a de science, que ce n'est plus un homme, c'est un puits !

– Et il m'aime !

– À ne pouvoir vous quitter : on conte qu'il vous suit quand vous sortez et vous demande sur son chemin à tous les dvorniks. C'est touchant !

– N'est-ce pas ?

Un silence prolongé.

Les deux interlocuteurs ne peuvent plus parler, ils ont assez à faire d'étouffer leur rire, le divan tremble.

– Imaginez-vous, reprend Glafira un peu calmée, qu'il lui est arrivé hier un petit accident. Il a une grosse bosse sur le front. Je lui demande : « Où t'es-tu fait cela, Coco ? » et il me répond : « Ce n'est rien, c'est contre un mur. – Ou contre une porte ? – Ou contre une porte peut-être. – Vois-tu, lui ai-je dit, tu es trop distrait, tu es toujours absorbé dans des préoccupations de l'ordre le plus élevé, cela te porte malheur. À ton âge, te cogner contre une porte ! – Contre un mur. – Non, lui ai-je dit, je crois plutôt que c'est contre une porte… Il me semble voir, à la forme de la bosse… avec tes distractions, tu te seras fait jeter une porte sur le nez. Sais-tu, ai-je ajouté, que je finirai par croire ce qu'on raconte, et que par distraction encore tu t'es oublié sous un lit ? » Il a ri. Le pauvre cher homme ! il a si bon caractère ! On peut lui faire et lui dire tout ce qu'on veut, il suffit de savoir le prendre. Vous savez que c'est un père pour moi, Alexey Pétrovitch !

– Ah ! un père, dit Torogov en affectant un ton très-grave.

Mais il ne put en dire davantage et cette fois s'étrangla, peu s'en faut, – en avalant dans un spasme un coin de son mouchoir.

Sur ces entrefaites, la porte s'ouvre, et l'on annonce M. Bobinitsine.

– Bonjour, Mikhaïl Pavlovitch ; quel heureux hasard ! dit Glafira en tendant la main à Bobinitsine. (Elle vient de lui envoyer un mot pour le prier de venir.) Monsieur Bobinitsine et monsieur Torogov, permettez-moi de vous présenter l'un à l'autre ; vous êtes faits pour vous entendre, étant tous deux de très-galants hommes.

– Je crois déjà connaître monsieur, dit Bobinitsine en saluant sèchement.

Torogov s'incline.

– Ne faites donc pas l'enfant, dit Glafira tout bas à Bobinitsine. Vous savez pourquoi je vous ai fait venir. Il est là-dessous, ajouta-t-elle en montrant le divan. Nous allons rire, mais il faut être de bonne humeur.

– Soit, dit Bobinitsine en tendant la main à Torogov.

Glafira les fait asseoir sur le divan et prend place au milieu d'eux.

– Imaginez-vous, commence-t-elle, Mikhaïl Pavlovitch, que j'ai perdu mon mari.

– Bah !

– Comment ! bah !... C'est tout ce que vous trouvez à me dire pour me consoler ?

– Mais, vraiment... êtes-vous sûre...

– Je conseillais à madame, interrompit Torogov, de chercher sous les lits ; elle ne veut pas m'en croire et...

– Taisez-vous, mauvaise langue, dit Glafira en donnant au jeune homme une petite tape sur les doigts.

– Ah ! monsieur connaît aussi cette histoire ? demande Bobinitsine.

– Oui... oui... dit Torogov tout secoué de rire, je la connais... trop... j'étais là.

En ce moment, on entend un léger bruit sous le divan. Les trois compères s'entre-regardent.

– Comment ? minaude Glafira, vous, Alexey Pétrovitch ! Avouez vous-même qu'il n'y a pas de quoi vous en vanter !

– Je l'avoue... j'étais en si mauvaise compagnie ! Certes je donnerais beaucoup pour voir votre vieux barbon...

– Oh ! fit Glafira très-choquée.

– Pardon ! c'est Ivan Andreïtch que je voulais dire. Eh bien, donc, je donnerais beaucoup pour le revoir dans la même position sous un lit ou… sous un divan.

– Par exemple, sous un divan comme celui-ci, confirme Bobinitsine.

– C'est cela, c'est bien cela, sous un divan comme celui-ci, dit Torogov en se baissant pour soulever les franges du divan.

On entend un froissement sur le parquet.

– Imaginez-vous, reprend Torogov, que ce lit sous lequel j'avoue que nous étions deux n'était pas à beaucoup près aussi large que ce divan. Ivan Andreïtch se tenait sur le ventre.

– Ah ! le malheureux ! soupire Glafira… mais non, ce n'est pas possible, je ne vous crois pas…

– Pourtant, si monsieur était là, insinue Bobinitsine avec une pointe d'ironie.

– Et imaginez-vous qu'un petit chien est venu lui manger le nez, oui, oui… comme cela… dit Torogov en se mettant à genoux et en passant sa main sous le divan ; le petit chien jappait, jappait furieusement comme ceci…

Et Torogov se met à faire hou ! hou ! hou ! en se penchant presque jusqu'à terre contre le divan. Glafira et Bobinitsine pensent mourir de rire.

Certes, c'eût été le moment pour Ivan Andreïtch de mettre fin à cette scène ; il ne pouvait plus douter que sa présence sous le divan fût connue.

Il n'avait rien de mieux à faire que de se lever avec un visage extrêmement sévère, en homme qui, au moins chez lui, a le droit, quand bon lui semble, de s'étendre sous les lits, voire même sous les divans. Il aurait prié M. Bobinitsine et M. Torogov de vouloir bien sortir et aurait renvoyé Glafira chez sa mère. Mais Ivan Andreïtch était incapable de telles résolutions énergiques. Pour l'instant, d'ailleurs, la peur et la honte lui enlevaient « tous ses moyens ». Il ne put que se tenir coi, espérant sans trop y compter que ses bourreaux se contenteraient de lui avoir fait peur et ne pousseraient pas plus loin leur cruelle plaisanterie.

Torogov se rassied. Tout à coup Bobinitsine cesse de rire.

– Il fait bien chaud ici, dit-il en clignant de l'œil à Glafira. Si nous nous rapprochions de la fenêtre ?

Glafira ne put répondre. Elle devine l'intention de Bobinitsine, et le rire lui coupe la parole.

– Parbleu, dit Torogov, transportons le divan près de la fenêtre… Madame y consent ?

Glafira se lève sans mot dire. Torogov et Bobinitsine prennent le divan par les deux extrémités et se mettent en devoir de le transporter à l'autre bout de la pièce.

Glafira s'attend à voir son pauvre mari étendu par terre à la place que le divan laisse libre. Quel n'est pas son étonnement ! il n'y a personne ! Seulement, on entend traîner par terre, d'une façon intermittente et saccadée, quelque chose qui doit être, à en juger par le bruit, un talon de botte, peut-être deux talons…

– Qu'est-ce donc ? dit Bobinitsine, quel est ce bruit ? Madame, je crois que votre divan a besoin de quelque réparation. Il y a quelque chose de brisé : n'entendez-vous rien traîner ? Écoutez.

Et Bobinitsine, qui vraisemblablement tient le divan du côté où Andreïtch a la tête, se met à secouer le meuble comme un prunier. Torogov, n'en pouvant plus de rire, ouvre les mains, le divan tombe, et avec le divan le mari cramponné dessous. Un gémissement, puis quelque chose comme le heurt d'un crâne...

Sans les épais tapis qui l'amortirent, le choc eût put avoir de désastreuses conséquences. On releva le divan, sous lequel on trouva Ivan Andreïtch évanoui.

Il va sans dire qu'après ce scandale, Ivan Andreïtch dut se séparer de sa femme, à laquelle il fut, par justice, obligé de faire une pension annuelle de cent mille roubles.

La jalousie !... « Othello n'est pas jaloux », a dit Pouschkine. Cette observation dénote toute la profondeur d'esprit de notre grand poëte. Othello, en effet, est seulement troublé parce qu'il a perdu son idéal. Mais il ne se cache pas, il n'épie pas, il n'écoute pas aux portes. Il est confiant. Il a fallu bien des insinuations, bien des piqûres d'épingle pour l'amener au soupçon. Un vrai jaloux n'est pas ainsi. On ne peut s'imaginer la honte morale et la bassesse où sombre sans remords un jaloux. Non pas qu'il ait nécessairement l'âme vile et banale, au contraire ! Un cœur noble, un amour pur, un dévouement réel peuvent fort bien se cacher sous les tables, acheter des limiers, épier, vivre dans cette boue de l'espionnage. Othello ne pouvait supporter la pensée même d'une trahison : je ne parle pas de pardonner : supporter seulement. Pourtant son âme est aussi naïve qu'une âme d'enfant. Ce n'est donc pas un véritable cas de jalousie : car il y a bien des compromissions possibles avec la jalousie. Ce sont les plus jaloux qui pardonnent le plus vite, et les femmes le savent bien : ils peuvent, après une scène d'ailleurs excessivement tragique, pardonner une trahison presque évidente, presque immédiate ; ils pardonnent les étreintes, les baisers qu'ils ont vus eux-mêmes, en se disant pour se consoler que « c'est peut-être pour la dernière fois que le rival s'en ira pour toujours à l'autre bout du monde, ou bien qu'ils emmèneront la bien-aimée quelque part où elle ne soit plus exposée à le rencontrer ». Il va sans dire que la réconciliation dure une heure, car le rival disparaîtrait-il, le jaloux en inventerait un second. Or que vaut un amour qu'il faut épier, espionner ? Mais un vrai jaloux ne comprendra jamais cette question.